W9-BNA-014

TARDARÁS UN RATO EN MORIR

Imanol Caneyada

© D.R. de esta edición:
Santillana Ediciones Generales, SA de CV
Av. Río Mixcoac 274, Col. Acacias
CP. 03240, teléfono 54 20 75 30
www.sumadeletras.com/mx

Diseño de cubierta: Ramón Navarro

Primera edición: diciembre de 2012

ISBN: 978-607-11-2377-0

Impreso en México

Para Fernanda, porque sin ella no hubiera sido posible nada de esto.

De las tinieblas de la casa inferior,
una figura llena de majestad ascenderá
por un momento en cuerpo de diosa,
acaso una heroína.
No es seguro cuál sea su destino,
presa de amor, bajo el peso de sus faltas,
en el fuego de lira, Eurídice, la amada de Orfeo
que vive en el infierno.
Rodolfo Häsler

Uno

Otra vez está nevando. Los copos se posan con delicadeza en el cristal de la ventana y un instante después se desvanecen. Se precipitan en turba, incansables en su labor de blanquear esta ciudad de gente triste y entumida. Al parecer trajimos el frío: con nosotros llegó la primera nevada del año. Espero que no sea un augurio. Durante dos días únicamente hemos hecho eso, observar cómo cae la nieve tras los ventanales de la suite. El señor gobernador (varias veces me ha pedido que deje de llamarlo así) no hace más que caminar a lo largo de la habitación con sus desmadejados trancos, ansioso de que algo ocurra, un suceso que interrumpa el mullido transcurrir de las horas. Porque aquí el tiempo es mullido, como si la nieve amortiguara su paso. Aunque sabemos bien que lo único extraordinario que puede pasarnos es que suene el teléfono, que hablen para decirnos dónde y cuándo. Mientras tanto, la espera, la incertidumbre, la claustrofobia. Nos hemos quedado sin diálogos, nos hemos llenado de silencios interrumpidos por la jerigonza francesa que arroja el televisor. De vez en cuando, el señor gobernador regresa a la pregunta con una obsesión infantil: ¿qué falló? Y uno no sabe a qué se refiere con esa vaga interrogante. Así que no me queda más remedio que encogerme de hombros y aventurar un ya no le des más vueltas al asunto, al tiempo que trato de abarcar todos los posibles matices de la pregunta. Aunque en el fondo sé que no existen tales matices, que se refiere a su vida toda. Como si yo tuviera respuesta a tamaño despropósito. ¿Qué falló? Pensándolo bien, podría esgrimir más de tres argumentos convincentes, todos ellos con resabios de moraleja; y sin embargo, la pregunta seguiría quedándose en el aire. Digo que puedo contar la vida de este hombre desde su infancia hasta el mismo minuto en que se sienta a la orilla de la cama —me estremezco—, se frota los ojos y vuelve a observar caer la nieve mientras maldice al mundo que parece haberlo abandonado. Yo no, quiero decirle. Aquí estoy, Tinín, Martincillo, señor gobernador, en las buenas y en las malas. Pero no me atrevo, me niego a exponerme a la consecuente burla, al desprecio, y menos con toda esa nieve cayendo allá fuera, capaz que me suelto llorando.

Se acuesta en la cama. Se masajea las sienes con las palmas de las manos al tiempo que frunce el ceño en un gesto excesivo. Su cabello gitano está al alcance de mis dedos. Con sólo estirarlos podría rozar esas puntas engominadas. Vuelvo a estremecerme. Con el pretexto de ir al baño me alejo del señor gobernador. Afuera oscurece. Las luces ámbar comienzan a prenderse en la avenida Saint Catherine. La incesante nevada adquiere un tono fúnebre a la luz de las farolas. El encierro se vuelve asfixiante.

—Vámonos a la chingada, Cabezón, a cenar a alguna parte, a tomarnos un drink, lo que sea.

Yo soy el Cabezón, desde niño lo he sido. El señor gobernador y Ezequiel me endilgaron el epíteto por obvias razones. Y sí, mi cabeza es descomunal. Extravagante sobre mis hombros enclenques. No me lastima que me llame así. He tragado tanta mierda a su lado que el sobrenombre alusivo a mi enorme cabeza y los incontables chistes que sobre ella ha inventado vienen siendo lo de menos. Pero me descubro molesto por su tono autoritario, por el desprecio con que arrastra las sílabas. Es cierto, la habitación se nos viene encima, nos neurotiza como a ratones de laboratorio hacinados en una jaula en la que terminan matándose unos a otros. Me irrita la forma en que me ordena preguntar en recepción la existencia de algún restaurante mexicano en la ciudad. En un sentido estricto, ha dejado ya de ser mi superior.

—Y de paso, que te digan dónde hay un buen teibol —me sugiere con guiños cómplices y el ritual de gestos obscenos.

Los teibols me aburren, me parecen tristes, y los clientes que los frecuentan me despiertan cierto desasosiego.

Podría solicitar la información por teléfono, pero me urge abandonar la suite. Decido ir personalmente a la recepción. Además, mi francés de *Alliance* se vuelve bastante impreciso al auricular. Tomo el ascensor, desciendo doce pisos rodeado de un par de orientales, un árabe y un negro. Huele mal dentro del elevador. Me inclino por los orientales, su sudor hiede a ajo, han de ser coreanos. El negro me mira con arrogancia. Cree que soy yo el que apesta. Es un mecanismo de defensa. Nadie dice nada, todos miramos alternadamente la punta de nuestros zapatos y el techo. Probablemente el olor provenga de otra cosa que no tiene que ver con nosotros. Al llegar a la rez-de-chaussée la cápsula se detiene abruptamente; siento un vahído en el estómago. Ya en el mostrador, un afeminado recepcionista me sonríe y me pregunta con su acento patois:

—Peux-je vous aider?

—Oui, je cherche un restaurant mexicain. Est-ce qu'il y a quelqu'un en ville?

—Bien sûr —me dice con su boquita de caramelo. Luego arremete con su verborrea de la que capto palabras aisladas como Avenue Saint Denis y un nombre: Galisco no te gajes.

—Merci beaucoup.

El recepcionista me guiña un ojo.

Dos

El taxista —haitiano, como casi todos en Montreal— no entiende mi francés ni yo su creôle.

—Ja-lis-co no te ra-jes, mexican food, restaurant mexicain, Avenue Saint Denis —vocifero por esa absurda idea de que cuanto más alto se habla mejor le entienden a uno.

—Oui —grita después de abrir mucho los ojos, sacudir la cabeza y agitar las manos—. Galisco no te gajes, mexicano comido, oui, oui, on y va.

Voy descubriendo la ciudad a través de la ventana del coche. Se extiende alrededor del Mont-Royal, un cerro casi blanco salpicado de pinos y abetos. La avenida Saint Denis huele y sabe a Francia. Los cafés, reprimidos por la nieve, exhiben sin pudor su herencia en los diseños tipo faubourg. Comienza a inquietarme, a fascinarme su cosmopolitismo. En las paradas de camión, sacudiendo manos y pies a causa del frío, esperan chinos, pakistaníes y centroeuropeos. A un lado de una épicerie judía, un ultramarinos español presume un jamón serrano, y la tienda de velas, incienso y ungüentos del lejano oriente es apenas perceptible tras su misterio. Envuelto por la nieve, todo parece una pantomima en cámara lenta. La angustia del hotel cede poco a poco a una agradable melancolía. Observo de reojo al señor gobernador. Parece más atrapado que antes si cabe. Lo conozco bien. Sé que detesta no ser el dueño de la situación, esa incertidumbre del taxi dirigiéndose quién sabe a dónde.

—¡Qué feos están estos pinches negros, Cabezón! Mira nada más, son el eslabón perdido los hijos de la chingada.

No le río la ocurrencia. Y no por algún prurito racial, sino porque no celebrarle el chiste es una forma de recordarle lo mucho que ha cambiado la situación, el desamparo en el que lo han sumido todos esos lamehuevos profesionales que durante seis años le hicieron creer que eran sus amigos, sus consejeros, sus incondicionales. Todos esos secretarios que ni siquiera la llamada le devolvieron cuando todo empezó a irse al carajo.

El taxi por fin se detiene frente a un restaurante de fachada rústica, vivos colores, sarapes por cortinas y un guatemalteco vestido de charro en la puerta haciendo las veces de maître d'hôtel. El acento chapín del que nos recibe y pregunta ¿mesa para cuántos? desconcierta al señor gobernador.

¿A dónde me trajiste, pinche Cabezón? No nos vayan a dar pupusas, eh, cabrón.

El maître d'hôtel, que si a panza y bigote vamos, parece sacado de Garibaldi, escucha el comentario y pregunta:

—¿Mexicanos?

—¡A huevo! —responde el señor gobernador exagerando el acento norteño—. Qué imbécil.

—No se preocupen, el dueño es mexicano, de Jalisco...

—No te gajes —añado.

Ni el charro ni el señor gobernador me escuchan. Ambos se dirigen hacia una sobria barra de caoba labrada con motivos aztecas, envueltos ya en la camaradería que Martín esgrime, esa mezcla de caciquismo cerril y mudo que lo convierte en un extraño seductor. Ahora ríen camino de una mesa demasiado íntima. Los sigo resignado a mi papel de sombra. Al menos Martín ha recuperado esa seguridad exultante con la que siempre se conduce cuando tiene un público adulador como el maître del Galisco no te gajes. Se une a la comitiva el dueño del restaurante. Es inexplicablemente gordo, enorme, una montaña de grasa. Blanco como un menonita, de voz engolada y gesto ceremonioso. En unas cuantas frases encierra su vida: llegó de México hace veinte años en busca de una oportunidad. Trabajó duro, ahorró y abrió el restaurante con el que, a Dios gracias, toco madera —su cabeza, nos sonreímos—, me ha ido muy bien.

—Y aquí estamos, para serviles.

Nos recomienda los camarones a la diabla acompañados por un Monte Xanic que, nos asegura, en ningún otro restaurante de Montreal vamos a tomar.

Nos hemos quedado solos. La momentánea sensación de normalidad se desvanece poco a poco. En la glotonería del señor gobernador, en mi inapetencia, en los prolongados silencios asoman de nuevo los fantasmas que nos han estado acosando en las últimas semanas.

Se llaman Ezequiel, exilio, miedo.

Tres

Te espera una casa vieja, al final del acelerador, al final de la luz roja, al final de la sonrisa anestesiada de la recepcionista, al final de las avenidas sin gente, al final de las ventosidades del jefe, te espera un hogar ófrico. Te espera una cena fría, un vino agrio, barato, áspero como una lija. Un control a distancia y una pantalla; también el mundo hermoso y deseable de las muñecas de plástico a las que imaginarás más tarde en onanismos que terminan en el excusado. Pero también —lo sabes— ella merodea, repta dueña del territorio, preda, lo somete a sus designios, lo marca con el hierro de la costumbre y el abandono. Ella no espera, ella reclama tributo como una vieja, gorda y peluda araña.

Más allá del cerrojo, del pasillo, de la música, del refrigerador estoico, de la grasa en las paredes de la cocina, de la grasa en las miradas, en el abdomen y en las tetas de ella; en tu abdomen y tus tetas, claman el rencor y el asco. El tiempo en su vocación de salitre, en un plan de víbora que no se aguanta. Y los monosílabos. El tomate mohoso, los insultos, un pedazo de pan rancio.

Pero ese día flota en el ambiente algo a lo que no estás acostumbrado.

¿La indiferencia?

Un silencio de silbidos y canciones tarareadas, el peor de los silencios. Un silencio de actividad metódica, sin explicaciones. Comienzas a odiarla con vehemencia. Desde el sillón de plástico, desde las pantuflas reposadas sobre la mesa de centro con delfines trapecistas y bolas de plástico de Mickey Mouse. Comienzas a asquearte de su piel de mandarina, de su cuerpo infructuoso, de sus ojeras disimuladas bajo sombras de oferta —¡que alguien le enseñe a maquillarse, por Dios!—, de sus manos callosas, de su vientre vacuno. Aunque esta vez el ritual de desprecio no te sabe a triunfo ni a venganza. Como si el ir y venir guardara un incomprensible gesto de victoria. Ya no te sientes cómodo con esta nueva disposición del resquebrajamiento. No estás a gusto con este nuevo tipo de tedio. Las muñecas de silicón de la pantalla han dejado de poseer siquiera el encanto de la distracción. Cambias de canal, en busca del más ofensivo, del más irritante. La mujer resopla a causa del vaivén; se seca el sudor de la frente y continúa con su tarea.

Ella se ha convertido de pronto en una de esas Venus paleolíticas de la fecundidad. Y como si estuvieras ante un oráculo o un conferencista de superación personal, al fin se te revelan las razones de tanto ajetreo.

De los brazos de la mujer cuelgan como los péndulos de un reloj viejas maletas con aroma a luna de miel y alcanfor. De los hombros también cuelgan mochilas y bolsas. Plantada en medio de la sala, la mujer es un monolito, un menhir. Sonríe, y hay arrogancia y una profunda lástima. Te dejo, te dice sin matices, me voy, sin asomo de tragedia. ¿Para qué? Todo lo demás se sobreentiende. Y si no, sería inútil explicarlo.

Ahora sí se ha instalado el verdadero silencio. Deambulas por la casa en busca de una señal no definitiva. En los cajones, tus calcetines, tus calzones, tus camisetas están más solos que nunca. El cepillo de dientes, ensartado en el posavasos del baño, resulta el mejor testimonio del absoluto desamparo.

Por horas has insultado a la mujer, frente a los espejos, frente al clóset con tus solitarias camisas pasadas de moda. La has insultado como sólo se insulta a quien se ama. Ya no queda más que el silencio. Y el reconocimiento de la derrota. Abrazado a la almohada, por fin rompes en un llanto valiente, aunque sabes que es demasiado tarde para extrañarla.

La luz del día entra por la ventana, atraviesa las cortinas e ilumina a retazos la habitación sin ella, una nueva habitación. Sientes el amanecer en la piel. El amanecer se lleva las sombras, y con ellas se van el miedo y la vergüenza. Has tenido toda la noche para inventar una nueva religión que, como todas, se alimentará de la sangre derramada en el sacrificio. Has tenido toda la noche para convencerte de que debe expiar sus culpas. Un castigo que serán muchos castigos. Te levantas y recorres la casa sin rastro de angustia. Cuando se tiene una misión, el tiempo se convierte en un aliado. Y tienes tiempo, todo el del mundo. En la cocina, le abres la puerta del patio a Petit-nègre, un rottweiler negro y enorme que compraron cuando apenas tenía un mes de nacido. Ahora ya ronda los tres años. Te lame la mano derecha. Quiere una galleta. Afuera el verano anuncia la proximidad del otoño. Las calles de La Salle reciben septiembre sin reparar en tu mirada sedienta. Sólo Petit-nègre parece darse cuenta. Te preguntas si el perro la extraña. Tú no. De alguna forma, en los próximos meses ella volverá a esa casa suburbial una y otra vez. Pones a calentar agua para el té, te sientas a la mesa de la cocina. Petit-nègre se acuesta a tus pies. Comienzas a explicarle la necesidad de actuar. No en ese momento. Tienes un plan. Le cuentas que es necesario iniciar con la expiación, con los preparativos de su regreso. Has tenido toda la noche para llegar a esa conclusión. El perro te observa con su mirada triste y mueve la cola de vez en cuando. Te sientes extrañamente comprendido. Tal vez sólo necesitabas una aprobación y Petit-nègre, con la segunda galleta, te la ha concedido. Piensas que debes incluirlo en el plan. Dejarás de ser el perro dócil y amaestrado que eres, le dices. Te convertiré en el instrumento de mi ira. Observas la hora en el reloj de la cocina. Es tarde. Tienes apenas una hora y media para darte un baño y atravesar medio Montreal. No te gusta llegar tarde a tu trabajo. Los libros, siempre fieles, inquebrantables, te aguardan. También el resto de imbéciles que trabajan en la biblioteca, que ha dejado de ser un santuario. Ahora es tu territorio de caza. En cuanto llegues, comenzarás a elegir a la presa.

Petit-nègre se ha levantado y da vueltas por la cocina. Quiere salir al patio a hacer sus necesidades. Le abres la puerta, le sonríes. Es el único ser sobre la tierra que te entiende.

Cuatro

Le llamaban el Tinín. Era hermoso el chamaco. Se desplazaba por las calles polvorientas del poblado con una arrogancia ingenua. Su euforia delataba sus perversiones. Vestía un short de mezclilla y una camiseta dos tallas más grande. En el pecho, como una promesa, la ese de Superman encerrada en el diamante rojo. El sol estallaba en la arena y se multiplicaba en sus ojos verdes; por lo mismo, el castaño de sus bucles adquiría matices pelirrojos. El Tinín, al caminar, seducía, tarareaba, sonreía, saludaba a quien quisiera adorarlo.

Se detuvo frente a una de las casuchas dispuestas a lo largo de la calle arenosa y silbó. Se asomó una señora apocada, de voz inaudita.

—¿Y el Cabezón, señora?

—Fue con su padre a un mandado.

—Pues pobre —lo compadeció el Tinín entre dientes.

—¿Mande?

—Nada, doña, al rato regreso.

El Tinín se marchó molesto. El Cabezón debía estar siempre a la mano. Su amigo lo exasperaba; le despertaba unas incontenibles ganas de humillarlo, pero necesitaba su presencia. Le irritaba tenerlo lejos, también le enfurecía que respirase su mismo aire, que le dirigiera la palabra con esa voz de pito, lastimosa, y que le riese los chistes a carcajadas hilvanadas de afecciones y silencios. Era una relación tortuosa, tal vez por eso era implacable.

El Tinín llegó al extremo de la calle. Una pequeña iglesia de estuco y cal provocaba una plaza acotada en el vértice opuesto por el ayuntamiento. En el centro, no más de seis yucatecos pretendían ser un parque, a cuya sombra descansaban dos bancas de cemento donadas por el Club de Leones de la capital. A un costado se erguían toboganes y columpios carcomidos por el salitre. En las noches, un par de lámparas mercuriales alumbraban lo que todo el pueblo conocía como el parque, pero que oficialmente se llamaba plaza Álvaro Obregón.

Se recostó en una de las bancas. Entre las grietas corrían hormigas rojas. Con sevicia, las fue aplastando una por una. El sol de abril lamía su piel apiñonada. Todo parecía reverberar en el Tinín, incluso la miseria. De repente, del atrio de la iglesia se dejó venir una bandada de chamacos. Habían aparecido de la nada. Desarrapados, su ropa hecha jirones, caminaban encabezados por uno que parecía más grande, como de quince años. Sus ademanes eran los del odio. Llegaron hasta el parque y rodearon al Tinín.

—A ver, hijo de la chingada, dime ahora lo que me gritaste la otra vez.

El Tinín no se inmutó. Sabía que la arrogancia lo definía. Empezó a contar con la mirada. Eran demasiados. Venían de un ejido cercano de rivalidades añejas. El Tinín conocía el sabor del miedo: a níquel. Y esa sensación de hormigueo en la planta de los pies, la saliva intragable, la resequedad.

—Esto es entre tú y yo, ¿no puedes solo?

El grandote sonrió, escupió. ¡Ah, qué verga!, dijo.

En ese momento, del lado opuesto de la plaza surgió el Cabezón gritando el nombre de su amigo como si fuera una consigna y, sin más, echó a correr hacia el grupo. Movía las manos como aspas de molino y su cabeza se bamboleaba de manera que daba la sensación de que su peso le haría perder el equilibrio. El Tinín se echó a reír. El corro de muchachos se paralizó; incluso el más grande, el retador. El Tinín comenzó a gozar lo que seguiría. Su amigo ya había roto el cerco, abierto por el asombro. Sin perder el paso llegó hasta el matón, brincó y le asestó un cabezazo en plena nariz. Tronó el hueso. El sonido inundó la plaza. Fue como un eco adusto pero repugnante. El brabucón cayó de nalgas; la sangre ya pintaba su geografía de escándalo en la camiseta. La arrogancia del escuincle cedió a su condición de niño, rompió a llorar mientras el resto observaba con cierto asco aquella aparición. El Tinín y el Cabezón se encontraban en medio del cerco, espalda con espalda, un monstruo de dos caras.

—¡Qué esperan, pendejos, rómpanles el hocico! —ordenó el más grande, todavía en el suelo, entre hipos y sollozos.

Los chamacos dieron un paso hacia aquella pareja que los asustaba. El Tinín no había dejado de sonreír. El Cabezón resollaba mientras estudiaba a quién colocarle el siguiente cabezazo. De pronto, uno de los atacantes, obeso y chaparro, con cara de luna, se desgarró en un grito al tiempo que se llevaba las manos a la coronilla. A unos cuantos metros, tras de un yucateco, había surgido la figura espigada y asimétrica de un muchacho. Tenía los bolsillos cargados de guijarros que extraía rápidamente para lanzarlos con pasmosa puntería. Había algo de cinismo en sus gestos. En menos de un minuto puso en fuga a la banda de escuincles, el grandote a la cabeza. Luego, se acercó cauteloso al Tinín y al Cabezón. En sus pasos no había miedo, ni siquiera respeto. Se estudiaron mutuamente. El Cabezón lo medía con desprecio. El Tinín parecía calcular los beneficios.

—No hacía falta que nos ayudaras.

El recién llegado se sorprendió con la desagradable voz del niño, propietario de la cabeza más grande que jamás antes había visto.

—Pues no parecía.

—¿Quién chingaos eres tú? —preguntó el Tinín.

Cinco

Camino y siento cómo el viento helado navajea mi rostro. Aún no me acostumbro a marchar sobre la nieve. Aún no me acostumbro a su blancura. Hace media hora que recorro en círculos el parque Lafontaine intentando sacudirme el frío, el aburrimiento, el hartazgo. Se trata de un hermoso parque con un pequeño lago en el corazón, donde familias, parejas de enamorados y solitarios acuden a patinar al caer la noche. El paisaje podría conmoverme si los diez grados bajo cero no me tuvieran batiendo mandíbula. El paisaje podría incluso enternecerme si no fuera por la estupidez del señor gobernador. Me ha pedido que desaparezca un par de horas para meter a una zorra canadiense a la suite. Se trata de una danseuse nue que conoció ayer. Después de cenar en el Jalisco no te rajes, nos refugiamos en un teibol recomendado por el dueño del restaurante. Durante años tuve que buscarle putitas adolescentes en todos los rincones del estado, a escondidas de la señora Luz, de los funcionarios, comprando el silencio de los periodistas. Pensé, pobre imbécil, que iba a cambiar con este destierro de mierda. Pero está tan asustado que prefiere la simulación, un juego de espejos que sostenga la fantasía en la que ni Ezequiel ni el quirófano esperan en alguna parte de esta ciudad triste.

Después de tomarme tres coca-colas en el bar del hotel, decidí salir a dar un paseo.

A lo lejos, los patinadores parecen felices, como si la vida se conformara con dar vueltas sobre el lago congelado en sentido opuesto a las agujas del reloj. Sigo caminando en círculos alrededor del parque, una especie de satélite errático que circunscribe el planeta de los patinadores. Me siento en una banca cubierta por una fina película de nieve, inmaculada hasta que mis nalgas dejan su impronta. Me incorporo casi de inmediato. Con la humedad en el pantalón y el viento helado van a terminar por salirme almorranas, si no me da una pulmonía. Comienzo a extrañar el calor de la patria. La palabra se deshace en el recuerdo. Continúo con el paseo. Me digo que el exilio se resume a la imposibilidad de reconocernos en los rostros y los lugares que nos rodean. En la impersonalidad del tiempo. Ni los paisajes ni los recuerdos nos regresan los ecos con los que construir una identidad. Por un instante, me parece no estar dejando huellas en la nieve. El exilio es lo incorpóreo. Y la rabia por los posibles fracturados, la cancelación del futuro, la condena al presente perpetuo.

Me rebelo a mi obediencia. Decido regresar al hotel, darme un baño caliente y cambiarme de ropa. Si no lo hago, voy a congelarme. Que chingue a su madre con todo y su fulana. La luz de un farol proyecta mi sombra sobre la nieve: la enorme cabeza, la flaquencia de mi cuerpo. La sombra multiplica mi monstruosidad a la que nunca he terminado de acostumbrarme, como si fuera ajena. Cómo acostumbrarme a las miradas esquivas de los otros, a la sorpresa, al ligero destello de asco. Debo reconocer que desde que llegamos a esta ciudad, la indiferencia de sus habitantes por mi aspecto ha sido providencial. Al parecer forma parte de su educación: no demostrar asombro ni perplejidad ni rechazo ni condena sin importar lo que tengan enfrente.

Comienzo a sentir el rigor del frío, de la caminata, de la soledad, más palpable en este país de hombres solos. Por fin diviso la mole del hotel que rompe con la armonía de los edificios art nouveau de la avenida Saint Catherine. ¡Cómo cansa caminar sobre la nieve! Yo que siempre he sido un caminante infatigable.

La calefacción del lobby hace que la sangre se agolpe en mi rostro, en mis orejas, en mis manos. Todavía no llego al elevador y rompo a sudar. Estoy de suerte, al abrirse el ascensor me cruzo con una mujer en la que reconozco a la bailarina de la noche anterior. Duró poco el encuentro. Con los dedos tamborileo en la puerta de la suite.

—Abre, Martín, soy yo, el Cabezón. Abre.

Después de un largo rato, por fin escucho el ruido de cerrojos. En la cara del Tinín se refleja el deseo frustrado.

—¡Fue rápido! —digo a modo de saludo.

—Pinche vieja, se puso los moños —aclara sin elocuencia.

—Ajá, sí.

Me arrepiento de inmediato. Me mira con rencor. El señor gobernador es un macho, ni a mí me tolera poner en tela de juicio su sexualidad. Pero por alguna razón que no alcanzo a comprender no estalla en insultos ni hace escarnio de mi inexistente vida íntima. Únicamente gruñe mientras extrae una botellita de güisqui del minibar. Bebe con angustia, directamente del cuello, y luego respira en busca de un aire viciado, insuficiente. Me doy cuenta entonces de que el señor gobernador está desmoronándose, perdiendo esa perfecta máscara de confianza que siempre ha exhibido. En su mirada que arroja por la ventana hacia el paisaje blanco, no sólo naufraga la incertidumbre, también un pánico nuevo. Ya ni siquiera el cinismo lo encubre.

—No pude —me confiesa de súbito con una sinceridad desconcertante—. No se me paró, Cabezón.

Para un deportista del sexo como él, reconocer su impotencia es más que un fracaso pasajero.

—¿Qué esperabas? En unos días más va a cambiar tu vida para siempre y tú crees que vas a andar cogiendo como si tal cosa. Es normal —le digo sin convicción.

En los silencios de Martín es donde habitualmente encuentro los significados de su verborrea. Esta vez calla pero de una forma impenetrable. Por primera vez desde que llegamos a Canadá he aludido a lo que nos espera sin reservas. Que extraiga una segunda botellita del minibar no me inquieta, hace mucho tiempo que sé de su alcoholismo. Que lo haga sin estilo, con la mirada extraviada, sin un chiste malabarista sobre la situación, arrastrando los pies, desfajado, con barba de tres días y sin ese brillo guasón en los ojos, sí me preocupa. Además de enternecerme, lo que es todavía peor. Puedo manejar con soltura el desprecio, pero no la lástima. No soportaría su debilidad.

Seis

Observo a mi madre vencida sobre el libro contable. Es una imagen gastada por reiterativa. En el deslizar del lápiz por las columnas del cargo y el abono hay tozudez, un anhelo secreto, un je ne sais pas quoi de indómito. Hoy, con la primera nevada del año, el día se antoja para el recuerdo.

Y recuerdo:

Llegué de la mano de esa mujer hace quince años. Me asustó la inmensa mole blanca que nos recibió en esa misma pequeña oficina-almacén repleta de latas de chile, invadida por la humanidad de aquel descuadrado individuo. Alguien le había dicho a mi madre que en el entonces único restaurante mexicano de la ciudad necesitaban una contadora que hablara español. Mi madre, con una urgencia desagradable, me había arrastrado por las veraniegas calles de Montreal hasta aquel local de paredes rosas, verdes y fucsias. Fue contratada de inmediato, años después se casaría con el dueño del Jalisco no te rajes, mi padrastro.

El restaurante ha crecido. En parte gracias a ella, que lleva las cuentas con escrúpulos de banquero. A veces es incluso tiránica. Julián, el mexicano más grande que jamás he conocido, la deja hacer, un poco por amor, otro poco por ternura, también por conveniencia. Julián se conforma con sus dominios, la cocina, en donde nadie, ni siquiera su mujer, se atreve a entrar cuando está él.

Hoy, en la primera nevada del año, me descubro nostálgico, memorioso. Es cosa del clima, me consuelo. Y pienso en Julián, el hombre que hizo de este par de seres desamparados su familia. Mi madre llegó de España al Canadá hace un tiempo brumoso, tras los encantos de un québécois que la preñó y abandonó casi de manera simultánea. Aránzazu, testadura, decidió quedarse en este país desmesurado, necesitado de inmigrantes. En aquella época, las hembras paridoras eran acogidas con los brazos abiertos. Llegué al mundo una helada madrugada de un primero de enero de hace veintisiete años, en un hospital del Bien être Social. A mi padre nunca lo conocí, de él sólo tengo el apellido: Pelletier. Tampoco a mis abuelos maternos, quienes repudiaron de su hija por puta. Durante los doce primeros años de mi existencia, mi madre fue la única familia que tuve. Después apareció Julián, esa inmensa mole de ternura.

Le sonrío a mi madre, que acaba de cerrar el libro contable de un golpe. ¡Listo!, dice en español. Entre los tres siempre nos comunicamos en ese idioma. Observo su nariz inconmensurable. Es menuda, de ojos sagaces, rictus de mala leche y una eterna cola de caballo que contradice un asomo de hermosura hierática. Su español no ha perdido el acento de la península, ladrador, vocinglero. En mi caso, suavizo el ceceo con los sutiles gargajos de mi otra lengua, el francés o québécois, según la pose nacionalista. No puedo, aunque quiera, ocultar la casta normanda de mi padre; soy membrudo, espigado, narigón y de espectacular quijada. Mis ojos verdes son devastadoramente perrunos.

—Ay, maitia, qué cara tienes. ¿Ya comes bien? ¿Te preparo unos huevos con chorizo y te abro un Rioja que ha traído Julián no sé de dónde? Es que con ese trabajo, leches, te vas a acabar.

—Maman, ça suffit —y me arrepiento enseguida del exceso idiomático—. Ya, amá, que estoy bien, coño.

Mi madre se dirige a la cocina a cumplir con el viejo rito del almuerzo. Suena mi celular. Otro día franco que se va a la mierda, pienso mientras contesto la llamada. En efecto, es de la comisaría. Anoto una dirección en una servilleta. Cuelgo. Me asomo a la cocina, un extraño mundo que íntimamente rechazo.

—Otro día será, amá, tengo currelo —digo al tiempo que preparo una sonrisa para los improperios.

—Hostia, chaval, que no pueden dejarte descansar un día. ¿Y los huevos quién se los come, esta gilipollas?

Así es Aránzazu, amorosa y arrabalera.

Siete

Conduzco despacio por las calles del Plateau Mont-Royal, el barrio de mis entrañas. Me fascinan sus edificios seculares de tejados verdes y escaleras oxidadas en las fachadas; su afrancesado estilo provinciano, su aspiración al arraigo trasatlántico, su bullanguera generosidad con los emigrantes: exiliados de las dictaduras latinoamericanas que optaron, a pesar del derrocamiento del tirano en turno, por edificar la diáspora. Griegos, españoles y portugueses que dejaron su país cuando eran el tercer mundo de Europa y que, después de intentar el regreso, descubrieron que era mejor añorar el terruño que vivirlo. El Plateau, el barrio más francés del cada vez más sajón Québec.

Me detengo frente a un edificio de departamentos de la avenida Papineau. La mayoría de los inquilinos vive del cheque del Bien être Social, consume cerveza Molton y forja cigarros de tabaco Drums, mientras en las tabernas maldice la suerte de Les Canadiens, nuestro mediocre equipo de hockey. Afuera del edificio, el barullo de patrullas convoca a las huestes del desempleo.

—Inspecteur, par ici —me señala un policía.

Recorremos un pasillo deprimente con un par de recovecos. El agente se detiene frente al número 7 y con la cabeza me indica el interior. La puerta está abierta. Al entrar, yo, la joven promesa del departamento de homicidios de la policía de Montreal, con un diploma en criminología por l'Université de Québec, destinado a meteóricos ascensos, me paralizo por el horror, la repugnancia y la improbabilidad del espectáculo. La primera conciencia es la del hedor. Su especificidad raya lo corpóreo. Siento cómo me impregno de él a medida que avanzo por el minúsculo departamento. Contengo la náusea con la manga de mi cazadora de piel. Sé que los viejos lobos de peritaje me observan socarrones, a la espera de que el novato universitario se desmaye, vomite o, simplemente, dé media vuelta y se largue. Y podría no defraudarlos si a la primera impresión no le sucediera esta otra mucho más pragmática: la de la fascinación. Me desplazo con sumo cuidado evitando destruir alguna pista. Constato que la realidad no se ajusta a ningún rasgo de verosimilitud; se despacha a gusto de las formas más perversas del dolor y la muerte. A pesar de mi inexperiencia, puedo reconocerlo. El escenario incluso movería a risa si la sangre fuera salsa de tomate y el cadáver de utilería. Pero el charco de sangre ya seco, la mujer a la que han arrancado la cara y parte de las extremidades, y las frases escritas en la pared con, al parecer, la propia sangre de la víctima, responden a la lógica de un sicópata que en estos momentos anda suelto por las calles de Montreal.

—Comment a fait ça? —pregunto cuando por fin puedo hablar.

—Avec un chien —me responde uno de los peritos.

¿Un perro? El cadáver es el de una mujer de cuarenta y cinco años que, todo indica, vivía sola. Se llamaba

Marine Boyed. El más viejo de los peritos especula con que primero fue asesinada y después despedazada por uno o más perros. La necropsia lo dirá, évidentement.

—Et les paroles sur le mur? —pregunto.

—Ces sont celles d'un fou.

La banalidad de la respuesta del otro perito me enfurece. Claro que son las de un loco. Extraigo una libreta del bolsillo interior de la cazadora y copio el texto de la pared:

A ti, mujer tétrica, a ti esposa enloquecida, a ti te hablo.

A primera vista, las letras, por su textura y regularidad, parece que fueron escritas con un pincel. Imagino que el autor mojó las cerdas en la sangre que manaba de las múltiples heridas de la víctima con la parsimonia de un artista y con ese mismo temple plasmó el mensaje. Porque se trata de un mensaje, no me cabe duda, que da inicio a un macabro juego. Aunque esta última conclusión no sé muy bien si es producto de un deseo íntimo o del análisis objetivo.

Ocho

El Tinín estaba nervioso. El Cabezón aparentaba indiferencia. El birrete mal puesto sobre el descomunal cráneo parecía un solideo y la toga le venía demasiado grande, lo que le daba un aspecto de muñeco gignol. Por el contrario, Martín Torrevieja se veía insultantemente hermoso, cándido, rotundo. La armonía de su rostro contradecía el ansia con que esperaba su turno. En su mente había repasado infinidad de veces cada zancada a través del largo pasillo hasta el templete donde aguardaban profesores caducos, autoridades universitarias e invitados de honor. Como si fuera un mimo callejero, había ensayado frente al espejo algunos ademanes y gestos propios de una retórica pasada de moda. Los nombres seguían cayendo en la voz vieja y cansada del maestro de ceremonias. El Cabezón pasaría a recoger su diploma antes que el Tinín. Cuatro asientos los separaban. El Cabezón le echaba a su compañero furtivas miradas de rencor. Se habían abierto camino desde el pueblo hasta la capital gracias a una especie de pacto en el que él jugaba la parte del desprecio mientras que el otro se convertía en un slogan de sí mismo. Pero de la nada había aparecido esa muchacha, engreída y rutilante en boca de todos, y al Tinín las hormonas comenzaron a volverlo loco. Se habían hecho novios en el último semestre de la carrera; se habían hecho novios porque los estereotipos dictaban su deseo. Bellos, banales, populares, apetecibles, obedecían a los dictados de la imagen que cada quien había creado de sí. Fue como el valedor contrahecho empezó a salir sobrando. En el día de su graduación, cuando el pacto debía confirmarse, el Cabezón no alcanzaba a sentir ni siquiera el calor de ciertas certidumbres que siempre habían estado ahí; únicamente un resentimiento persistente que ninguna ceremonia llegaba a borrar.

Salvatierra Soto, Juan José, pronunció el maestro de ceremonias con la misma voz cansada de toda la noche. Conocía de sobra lo que seguía: insultos arrojados entre dientes por sus compañeros, ocultos entre la multitud. Epítetos como macetón, aborto, cerillo, murmurados sin mayor malicia que la de arrancar una carcajada al vecino de asiento. Y el infaltable chiste del Tinín, que se arrogaba un derecho casi exclusivo de humillarlo. El silencio de familiares y amigos de los graduados, producto del asombro y el asco. La esquiva mirada del rector al hacerle entrega del diploma.

Caminó sobre la alfombra roja como debía hacerlo alguien de su tipo: la vista gacha, el paso enjuto y el deseo de que todo pasara rápido. De vuelta a su lugar buscó al Tinín y quiso su escarnio. Su amigo estaba concentrado en meter la lengua en la boca de Luz. Se encontró patético mendigando las migajas de una burla, que era mucho mejor que la indiferencia. Hacía tiempo que había dejado de sentir otra cosa que no fuera rabia por él mismo; este nuevo sentimiento, el de la conmiseración, le desagradaba.

Torrevieja Celaya, Martín.

Vítores, aplausos, gritos agudos de las groupies. El Tinín avanzaba al encuentro de su propia alegoría convertido en personaje de una especie de destino manifiesto. Era el presidente de la Sociedad de Alumnos, fino mediocampista de la selección de futbol de la universidad, esencia de las borracheras estudiantiles y recordman de compañeras encamadas. Había hecho de su pasado una ucronía, por lo que estaba en condiciones de inventarse a cada rato. No había familiares ni amigos del pueblo, excluidos por cada uno de los actos de una farsa posible gracias a la ingenuidad de casi todo el mundo. En ese juego de anheladas imposturas, sólo su inviolable pacto con el Cabezón despertaba desconfianza entre la gente. Más allá de la obviedad de que aquel engendro era un contrapunto que le ayudaba a brillar, estaba la inconfesable seguridad que le transmitía, como si en el fondo, el Cabezón fuera un talismán o poseyera la magia que algunas culturas les atribuyen a los seres deformes.

De regreso en su butaca, el Tinín aguardó el momento estelar de la noche, cuando volvieran a llamarlo al estrado para dirigir las palabras de despedida a su generación. Las metáforas, símiles e hipérboles pertenecían al Cabezón, autor del discurso, un intrascendente detalle. La emoción sostenida con que iba a pronunciarlo, la ensayada lágrima que derramaría con aquello de que "hemos sido mejores compañeros, amigos y camaradas que estudiantes", y el reconocimiento que, en el cenit de la cursilería, iba a entregarle su atractiva y graduable novia de parte de todos sus colegas significaban la apoteosis de su desvergüenza.

Nueve

El Cabezón no bailaba, no tenía con quién. A esas horas la pista rebosaba de parejas sudorosas, arrobadas, sonrientes, ebrias, excitadas. Reyes del mundo, los graduados se dirigían entre sí apelando al nuevo título adquirido, y con una solemnidad que al Cabezón le repugnaba. A quien más se le llenaba la boca con eso de licenciado era al Tinín. No había dejado de crear analogías entre la jerga penal y la sexual, aludiendo al revolcón que más tarde se daría con su novia Luz, la licenciada Luz.

—Mi estimado licenciado, a esta licenciadita le van a dar palo, y no precisamente un juez— gritaba arrastrando ya las sílabas al acercarse a la mesa donde se aburría el Cabezón, para darle un trago a la cerveza de barril. La chica estaba tan borracha que ni el intento hacía por ruborizarse. Juan José Salvatierra hacía mucho tiempo que se había prohibido perder el control. Ni se molestaba ya en sonreír.

—Oye, güey, con esa cabezota que tienes y esta peda que me cargo, no te veo doble, sino cuádruple —vociferaba Martín Torrevieja para regocijo de aquellos que alcanzaban a escuchar el chiste entre el estruendo de la música. Meses atrás, el Cabezón se hubiera reído, era parte del pacto, ser el bufón de un monarca sin trono. Esa noche, ante aquella perfecta pareja de perfectos borrachos, únicamente experimentaba hastío, ganas de largarse.

Entonces lo vio entrar al salón de fiestas. Al principio no lo reconoció. Habían pasado algunos años, no los suficientes como para que el tiempo borrara toda huella adolescente del rostro de Ezequiel. Tenía una barba de escasos días impecablemente recortada y una melena recogida en una cola de caballo. En sus ojos brillaba una extraña dureza. ¿Cuánto tiempo había pasado?, se preguntó el Cabezón mientras observaba cómo ese pedazo de su pasado los buscaba con la mirada por todo el recinto. Vestía un traje entero, satinado, que le quedaba un poco ajeno. El Cabezón echó a andar hacia la pista de baile sin perder de vista a Ezequiel, no fuera a ser una alucinación. Habían transcurrido siete años. En segundo semestre de preparatoria Ezequiel había dejado la escuela y al poco tiempo el pueblo. Se mudó a otro estado a trabajar con unos tíos. No habían vuelto a saber de él. Juan José Salvatierra se acercó a la pareja de bailarines —ella dormitaba en el hombro de él— y le susurró al oído la noticia.

—¡No puede ser, no seas mamón! ¡Ezequiel aquí, imposible! —exclamó Martín Torrevieja.

—Mira, pendejo —señaló el Cabezón con el brazo derecho mientras con la mano izquierda obligaba a su amigo a voltear hacia la entrada.

Luz estuvo a punto de caerse a causa de la brusquedad del movimiento. Entre ambos la sujetaron y a rastras la llevaron a la mesa. La muchacha siguió dormitando.

Entre dientes decía: pinche Cabezón, nadie te quiere, pero yo sí, mucho, mucho, mucho. De milagro no azotó de la silla.

Ezequiel por fin los localizó y dirigió sus pasos hacia los dos graduados. No dejaba de sonreír. A los flancos de la chica desparramada sobre la silla, el Tinín y el Cabezón no sabían si acudir al encuentro o esperarlo. Martín tomó la iniciativa. En medio de la pista de baile se fundieron en un abrazo al son de una balada de Pandora. El Cabezón permaneció a un lado de Luz, incapaz de conmoverse tratando de descifrar el significado de la repentina aparición del Cheque siete años después.

El Cheque y el Tinín, aún abrazados como camaradas, acudieron a la mesa donde aguardaban la muchacha y el Cabezón. El encuentro entre Ezequiel Ahumada y Juan José Salvatierra fue desabrido. El apretón de manos y el palmeo en la espalda sin que sus pechos siquiera se rozaran, seguían fieles el camino de la memoria. Desde aquella vez, diez años atrás, en que el Tinín había decidido dejar de ser dos para convertirse en trío, el Cabezón no había podido aceptar a Ezequiel. La desconfianza era mutua.

En medio del escándalo de la música, Ezequiel, que había vuelto a abrazar al Tinín, le hablaba al oído, y las carcajadas de ambos apenas eran apagadas por el estruendo de la fiesta. Martín parecía haberse olvidado de su novia, despatarrada sobre la silla, y se entregaba a la reconstrucción de un pasado que Ezequiel iba inventando. Al Cabezón no se le escapaba la frialdad y la cautela con que el Cheque inspeccionaba la sala, como si temiera algo, como si en cualquier momento tuviera que salir huyendo. Tampoco le habían pasado inadvertidos los dos tipos que cuidaban la entrada. De vez en cuando, la mirada de Ezequiel, dura y envejecida, coincidía con la del Cabezón. La situación comenzó a ponerlo nervioso. Algo adivinó el Cheque porque le hizo ademán de que se acercara. Los tres antiguos amigos, atrapados en esa red de evocaciones que el recién aparecido iba extendiendo de manera imperceptible, daban la impresión de estar gozando de una antigua inocencia que se resistían a perder.

—Vamos afuera, les tengo una sorpresa —invitó Ezequiel Ahumada.

Era negra, larga como un día sin pan, absurda entre las carcachas de los estudiantes, con un chofer de gastado saco y gorra grasienta en la puerta, encomiándolos a subir. La limusina, por dentro, parecía aún más grande. Sobre una mesa plegadiza descansaba una hielera con una botella de Dom Pérignon y tres copas de aguja. Ezequiel empujaba sutilmente a sus amigos al interior del auto. Martín Torrevieja cabeceaba como un buey mientras admiraba las líneas del vehículo. A Salvatierra le pareció un exceso; se sentía avergonzado y volteaba inquieto a todas partes para constatar que no hubiera testigos de tanta arrogancia.

—No mames —musitó.

—Vamos, súbanse, esto no es todo.

El Tinín sonreía como un idiota. Se introdujo en la limusina y se repantingó en el asiento de piel suave y olorosa. El Cheque aguardaba a que el Cabezón hiciera otro tanto.

—¿Vas a dejar a Luz ahí sola? —preguntó.

—¡A la madre, qué pendejo, se me olvidó la Luz! —dijo el Tinín e intentó incorporarse.

La muchacha apareció en el umbral del salón de baile con la mirada extraviada. Al Cabezón le dio lástima. Experimentó una especie de solidaridad, de reconocimiento. ¡Cuántas veces había corrido él mismo tras los pasos del Tinín!

—¡Ahí estás, Cabezón! ¿Y Martín? —farfulló la chica.

Ezequiel, en un movimiento asombrosamente resuelto, tomó a Luz de la cintura y casi en andas la sentó a un lado de su novio. Impaciente, volvió a indicar a Juan José que abordara la limusina. En sus pupilas estalló por un segundo una furia que asustó al Cabezón. Éste obedeció. Tras Ezequiel, el chofer cerró la puerta, rodeó el auto con una parsimonia ridícula, se sentó al volante, bajó la ventanilla que separaba la cabina de los asientos de pasajeros y preguntó:

—¿A dónde?

—Lo mejor es que la dejemos en su casa —sugirió el Cabezón.

Luz había recostado la cabeza en el pecho de su novio y ronroneaba. Martín le comunicó una dirección al chofer y se pusieron en marcha. Juan José Salvatierra alcanzó a observar a través del vidrio trasero una camioneta pick up que los seguía. Los ocupantes eran los dos sujetos que vigilaban la entrada del salón de baile minutos antes.

—¿Cómo nos encontraste? —quiso saber el Cabezón.

—Hace unos días conocí a una chava en un antro, resultó que estudiaba con ustedes; me platicó del baile de graduación, le pedí que no les dijera nada, que quería darles una sorpresa. No me acuerdo de su nombre. Raquel, Rebeca, algo así.

—¿En qué andas metido, cabrón, para que te vaya así de bien? —preguntó el Tinín, indiferente a los detalles, envidioso, deslumbrado.

Ezequiel no respondió de inmediato. Estaba concentrado en servir el champán. Apenas sonreía. Tendió las copas a sus amigos y él, a su vez, extendió la suya para brindar.

—Por el reencuentro —dijo, y chocaron los tres los bordes de las copas.

En el tintineo el Cabezón distinguió el del cristal labrado.

—Pues ya ven, soy todo un hombre de negocios. Cuando me fui del pueblo me puse a trabajar con mis tíos, junté una lana y luego la invertí aquí y allá... Tuve suerte.

Al Cabezón la modestia del Cheque le pareció empalagosa.

—¿A qué te dedicas? —interrogó.

—Exportaciones, bienes y raíces, lo que se cruce —dijo mientras servía más champán.

Martín, con esa expresión imbécil que al Cabezón comenzaba a molestarle, revisaba el interior de la limusina como si estuviera ante un descubrimiento inédito. Ezequiel no dejaba de observarlo divertido, presuntuoso. Los ojos eran los de una raposa.

—Supe que andas metido en la polaca —comentó al azar.

—Ey, me acaban de nombrar presidente de la secretaría juvenil. La neta, es por el ruco de mi chava —y señaló a Luz con el mentón. La muchacha se acomodó en el regazo—. Es un gargantón del partido y me aprecia un chingo, me quiere acomodar como regidor en las próximas elecciones.

—Salud por eso —brindó el Cheque.

La limusina se detuvo frente a una casa lujosa, amplia, de cerco suntuoso, jardín inglés y cochera eléctrica. Entre el Cabezón y Martín bajaron a la chica. Su novio la bolseó hasta hallar un manojo de llaves. Dio con la que abría una puerta de hierro forjado y ahí la dejaron, recargada en la pared de la entrada. Ahí la encontraría la criada horas más tarde, hecha un ovillo a los pies del interior del cerco. Por suerte, sus padres estaban de viaje.

El auto siguió entonces una ruta que el Cabezón fue reconociendo poco a poco. En los sahuaros, en los caseríos salpicados aquí y allá, en la cinta asfáltica estrecha, sinuosa, agujereada, Juan José Salvatierra descubrió el camino al pueblo. Casi dos horas les llevó llegar al lugar donde habían crecido, donde los pactos de saliva y sangre se convirtieron en una hermandad extraña pero efectiva; donde se juraron fidelidad eterna. Lo que parecía no haber sido más que un juego fútil, siete años después revivía de la mano de Ezequiel, que a lo largo del trayecto iba evocando las aventuras de la infancia como si sus antiguos compañeros no tuvieran memoria. Y el Cabezón supo de pronto que aquello no era fortuito ni producto de la nostalgia. Y tuvo miedo. Un miedo que no lo dejaría en mucho tiempo.

La limusina se detuvo al fin. Apareció la playa que frecuentaban cuando niños. Una pequeña cala a unos cinco kilómetros del pueblo, semioculta por un risco. Amanecía y el sol desparramaba su estela rojiza en el mar en calma, casi inmóvil.

El Tinín y el Cheque fueron quitándose la ropa hasta quedar en calzones. Se introdujeron en el agua, nadaron, jugaron con las olas como chamacos. Salvatierra, desde la orilla, los contemplaba con una desazón que apenas podía ocultar.

Diez

Quisiera no tener memoria. Así como este señor gobernador momificado, este Tinín conservado en formol. Porque mi memoria es la del remordimiento, la de la conciencia del absurdo de mi vida. Quisiera sentir miedo por el presente, al menos podría encontrar alguna solución, y no este pánico por el pasado, permanente, ineludible, irremediable. Ya casi no duermo. Dos o tres horas por noche a lo sumo. Martín se emborracha para hacerlo. Yo soy abstemio, el alcohol no es solución para mi insomnio. Estoy cansado de estar cansado todo el día y cuando llega la noche recobrar una extraña energía que brota de mis recuerdos. Son las cinco de la mañana, la noche refulge en la blancura de la nieve. La oscuridad septentrional es majestuosa. Hace una hora que desperté, desde entonces me he dedicado a escuchar los ronquidos del señor gobernador, sus diferentes registros del ahogo. Estoy recostado sobre la alfombra del recibidor de la suite, conjurando un sueño que no llega, implorando porque mis párpados se cierren. He leído a medias, porque a medias entiendo el francés, la noticia escabrosa y amarillista que trae en primera plana el *Journal de Montreal* sobre el descuartizamiento que sufrió una mujer por unos perros, o algo parecido. Me he aburrido con los densos ensayos de *El futuro de la democracia*, de Bobbio, sin resultado. No deja de ser absurdo que lea una y otra vez a un teórico de la política empeñado en demostrar las contradicciones de los regímenes democráticos; he sido el mayor cómplice de uno de los gobernadores más corruptos de México. ¿Expiación de las culpas? Bobbio plantea que, para llegar al poder, aquellos que van a servir a la mayoría necesitan de grupos minoritarios a cuyos intereses quedan ligados de por vida; intereses muchas veces contradictorios a los de la mayoría que dicen representar. Martín y un servidor ni siquiera nos paramos a pensar en algún momento que servir era el objetivo. La democracia nunca nos inquietó con sus paradojas, simplemente era un pretexto, demagogia barata. La elocuencia del autor, su armadura ética se hacen añicos contra nuestro cinismo. Y sin embargo, la ingenuidad de sus argumentos, que en la realidad de nuestro país son basura, no deja de poseer una extraña fascinación. Fustiga mi conciencia, la tortura, y de alguna manera la libera, así como el flagelo a los nazarenos de las procesiones de Semana Santa. Imaginarme de morado, encapuchado y penitente me regocija. Con esta idea mis ojos van cerrándose poco a poco y voy cayendo en una agradable modorra.

—Despierta, Cabezón, soñé con el hijo de la chingada de García Diego.

Abro los ojos sobresaltado. Son las siete de la mañana. Frente a mí, en bata y con un café en la mano, Martín Torrevieja sonríe estúpidamente.

—¿Qué pasó?

—Está claro, hoy van a llamar.

—¿De qué hablas? —le pregunto molesto. Por fin lograba conciliar el sueño y me despierta con una de sus babosadas.

—¿Un café? —me ofrece, increíble tanto servilismo—. Estábamos en México, en el hotel de la playa San Marcos. A toda madre. Tú, yo y unas viejas de calendario. De pronto llegaba este cabrón suplicándome que lo perdonara, que todo había sido un error. ¿Captas?

El Tinín me alcanza una taza de café aguado. Me pongo de pie para recibirla y me siento en uno de los sillones de la suite. Espero que continúe.

—¿Captas? —insiste.

—Ajá, ¿y luego?

—Es todo, ahí me desperté.

—¿Es todo?

—Sí, es todo.

Estoy empezando a despreciarlo. Pobre espantajo. Sin el glamur de su ambición y su belleza —ha engordado y envejecido—, sin su audacia ni su inconsciencia no me inspira más que lástima. Hay una idea que me ronda hace tiempo pero que me aterra reconocer: Martín Torrevieja ya no me sirve como pantalla de mis complejos; todo aquello por lo que lo he seguido hasta la ignominia, desaparece cada día que pasa en este exilio.

—¿No lo entiendes? Es premonitorio. Estoy seguro de que de hoy no pasa. Ese pinche teléfono va a sonar hoy.

—¿De cuándo a acá es tan supersticioso el señor gobernador?

—Oye, cabrón, deja de llamarme así, como broma ya estuvo suave.

—Pensé que te gustaba.

—No seas hijo de la chingada... si estás viendo... en fin, Cabezón, te decía que el sueño es un aviso.

—Si tú lo dices.

—¡Puta madre, qué sangrón amaneciste hoy!

—¿Será porque al fin había logrado dormirme y vas y me despiertas con tu pendejada de sueño?

—Perdone la señorita, ¿no la dejan dormir en sus vacaciones? Agarra la onda, Salvatierra, si no llaman pronto, nos va a llevar la chingada.

—Será a ti, porque lo que es a mí...

—Ya me dejaste solo tú también. Pero qué podía esperar, así es la raza de malagradecida y culera.

El miserable no me ha permitido terminar la frase. Iba a decir que lo que es a mí hace tiempo que me llevó la chingada. Pero es inútil, el Tinín nunca ha escuchado a nadie, ni a él mismo. El chantaje forma parte de su repertorio de bajezas, además del escarnio y la frivolidad. A su esposa le destrozó la vida. Gracias al pacto que hicieron a principios del sexenio, lograron mantener las apariencias. En cuanto dejó el cargo de gobernador, Luz se largó a San Diego. Adicta al Prozac y alcoholizada, ha de estar en algún spa tratando de recuperar del naufragio un poco de dignidad. Yo debería estar haciendo lo mismo.

—Vamos a calmarnos, Martín. Yo también estoy nervioso, también quiero que todo esto pase rápido, entiende.

—Pinche Cabezón —exclama riendo—. ¿No te cansas de ser tan conciliador?

—A veces, pero es mejor así, ¿no?

Sobre todo cuando eres un ser anormal. No se lo digo, claro. En Martín nunca he encontrado conmiseración. La única vez que me permití una debilidad confesional sobre mi deformidad, recibí a cambio un minuto al menos de carcajadas. Me tragué las lágrimas y reí a mi vez con tanta demencia que el Tinín terminó por asustarse.

—García Diego dijo que no pasaba de una semana, ¿cierto?

—A ese cabrón no le creas mucho. Ya que se lo pusiste en charola de plata, creo que le viene valiendo madre tu situación. Bueno, la nuestra.

—No tenía salida, era él o yo.

También lo está matando la culpa, y yo que pensaba que carecía de conciencia.

—No te lo estoy echando en cara, yo fui el primero en aconsejarte que lo hicieras. Solo digo que de García Diego no me fío ni madres.

Y no me arrepiento del consejo que prácticamente le impuse esa madrugada. No podría reprocharme haber sugerido vender a ese cabrón. Se trataba de un triunfo, de la confirmación, dos décadas después, de que esa sociedad fue un error. Es de alguna forma la única victoria que he tenido en este camino de claudicaciones. Mis remordimientos son otros, pero al pobre idiota del señor gobernador sus escrúpulos sólo le alcanzan para las apariencias.

—No nos va a dejar colgados, Cabezón, no le conviene. También puedo chingármelo si no respeta el acuerdo.

Otra vez la lástima. ¿Cómo puede fanfarronear si ya no es más que un cadáver político del que todo el mundo huye? Me desconcierta, me enternece, me sulfura; hasta el olfato de la tenebra ha perdido, la que era su mejor arma.

—Mira, Tinín —comienzo a decirle y descubro que lo estoy disfrutando—; tú ya no puedes chingarte a nadie, es mejor que lo reconozcas. Nada más nos queda atenernos a su buena voluntad.

Quiere alegarme algo pero apenas balbucea. Camina a lo largo de la suite buscando argumentos con qué cerrarme la boca. Pero la realidad, incluso para alguien tan evasivo como él —este hotel, esa nieve infinita, este país helado, ese teléfono mudo—, lo cerca, lo empequeñece. Ya ni siquiera cuenta con el poder para crear una mentira sostenida en los hombros de lacayos sumisos, como durante los seis años en que dilapidó la popularidad con que llegó al gobierno. Sí, lo estoy disfrutando. Se me ocurre que todo este tiempo de lamerle las suelas me estaba preparando para el momento de su caída.

—Su buena fe —acepta en un murmullo—, pues espero que tenga palabra.

Y como si fuera una conjura, una advertencia de las fuerzas proféticas del universo para arrebatarme la razón, el timbre del teléfono interrumpe el silencio.

—Te lo dije, te lo dije, el sueño, el sueño, ahí lo tienes —grita el Tinín—; parece un niño.

Observo idiotizado el aparato. No puede ser que la casualidad esté de su lado. Quizá sea su último aliado.

—¿Qué esperas? ¡Contesta!

Descuelgo el aparato. Una voz anónima que no se presenta se limita a dar un nombre y un número de teléfono que a duras penas retengo. Se corta la comunicación. Es todo. Antes de que se me olvide, apunto las ocho cifras en un papel y el nombre: doctor Arnulfo Brunelli.

Once

La joven madre de familia no será de gran ayuda. La experiencia me dice que normalmente los hijos conocen poco de sus padres. Y más, como parece el caso, cuando conviven de pascuas a ramos. La mujer, de unos veintiocho años, obesa de hamburguesas y pizza, carga en brazos una réplica en miniatura de ella: la nieta de Marine Boyed. Los ojos rojos, el rostro desencajado, la mirada perdida y la incredulidad es todo lo que puede ofrecerme la única hija de la víctima. La interrogo por rutina. Desconoce si mantenía alguna relación sentimental, era muy reservada. ¿Amigos? Un par de compañeras de escuela a las que, cree, veía de vez en cuando. Frecuentaba la biblioteca, sí, casi todos los días. Dispongo ya de ese dato. Entre sus pertenencias encontraron una credencial de la Blibliothèque Communautaire du Plateau Mont Royal y sobre el buró un par de novelas de Danielle Steel con el sello del lugar. Divorciada, el ex marido (su padre) vive hace años en Toronto. No, no le han avisado, para qué, me dice, le damos exactamente igual. Explicarle cómo fue asesinada su madre ha sido la parte más difícil. Una persona común jamás piensa que puede ocurrir "esa clase de cosas". Que la brutalidad entre en su vida de manera tan repentina no cuadra con una existencia de pañales, biberones y un marido que trabaja en la construcción y se emborracha mientras ve el hockey. La lógica de un ciudadano de a pie no resiste la irracionalidad de la violencia. Ni yo mismo, con todo lo que he visto en mi corta carrera, acierto a encajarlo. El niño al que le abrieron la cabeza a batazos porque no paraba de berrear, la mujer que salió volando por la ventana por las simples sospechas de un marido demencialmente celoso, son expedientes que en un país tan orgulloso de su tranquilidad y de su multiétnica convivencia ignoramos, ante los que cerramos los ojos. Cómo entender que un individuo dejó inconsciente aplicándole cloroformo a tu olvidada y solitaria madre, y una vez recobrada la conciencia, se la dio a un perro —pastor alemán o rottweiler, los expertos no se ponen de acuerdo— para que la despedazara. Y peor aún, que ningún vecino haya escuchado o visto nada sospechoso.

Termino con el inservible formulismo de siempre: en caso de que recuerde algo, que no dude en llamarme.

Y le tiendo mi tarjeta de presentación.

La observo alejarse de mi cubículo, encorvada bajo el peso de la criatura tan semejante a ella misma, tan parecida a la abuela que no conocerá, transformada para siempre en una fotografía. Pero no debo ponerme sentimental, eso anula el juicio y la lógica, según consigna el manual. Marine Boyed es un caso que tengo que resolver cuanto antes. Los carniceros del *Journal de Montreal* ya están haciendo lo suyo con el despliegue de fotos sangrientas e infames encabezados. Un columnista del mismo periódico, sin que se cumplan aún cuarenta y ocho horas del descubrimiento del homicidio, ya ha insinuado que mi juventud e inexperiencia no auguran nada bueno para la investigación. Y el jefe no deja de presionarme: "Des résultats, mon ami, c'est qu'on veut", repite insinuando que cualquier chivo expiatorio bastará para calmar las aguas.

Abandono la comisaría. Siguiente parada, la biblioteca. A pesar de la inutilidad de la visita, sigo el manual, como si hacerlo justificara de alguna forma la ausencia de pistas. Porque no tengo nada. El asesino dejó limpia la escena del crimen, me han dicho en el laboratorio. Ayer, arrinconado en una mesa del Jalisco no te rajes, analicé las fotografías de la víctima hasta entrada la noche; le di vueltas y más vueltas a la frase escrita en la pared: *A ti, mujer tétrica; a ti, esposa enloquecida, a ti te hablo*. Intentaba hallar un indicio que trascendiera la tácita advertencia, el anuncio de que el asesino volverá a atacar. Pinche loco hijo de la chingada, comentó Lupe, el lavaplatos chiapaneco, al pasar a mi lado con el cubo y la fregona, y ver de refilón las imágenes de Marine Boyed. Ya habían cerrado el restaurante. Mi madre hacía cuentas y Julián terminaba de limpiar la cocina. Pinche loco, confirmé en voz baja, liberando un poco la impotencia. Casi no he pegado ojo.

Ahora, con el café amargo brincando en las entrañas y el concierto de tripas vacías, me dirijo a la biblioteca. Con la desazón que me dejó la entrevista con la hija de Madame Boyed, con la conciencia de que muy probablemente le falle, con la seguridad de estar perdiendo la inocencia, me estaciono a un costado del metro Mont-Royal, cruzo la avenida del mismo nombre y me introduzco en el amplio edificio de granito. El calor de la calefacción me sofoca de inmediato. Me despojo de los guantes y la bufanda; me abro la cazadora, rompo a sudar. Antes de dirigirme a un mostrador ubicado en medio de la sala, detrás del cual se adivinan las oficinas de los funcionarios, recorro con la vista los pasillos de estantes repletos de libros, los sillones dispuestos en círculo alrededor de las mesillas, y a la derecha, la sección infantil. Prácticamente está igual desde los tiempos escolares, cuando acudía con los amigos a realizar alguna tarea. Hace por lo menos diez años que no ponía un pie aquí. Al fondo descubro una concurrida sección de computadoras conectadas al internet, es lo único que ha cambiado. Por lo demás, los mismos clochards refugiándose del frío mientras ojean viejas revistas de la hemeroteca. Los mismos solitarios de miradas hueras en busca de libros, tratando de encontrar pretextos para no practicar el deporte nacional: aventarse a las vías del metro cuando llega el deshielo.

Me encamino a la recepción. Una señora de grandes lentes de montura de concha de nácar, nariz y cachetes porcinos, más ancha que alta, me atiende. No muestro la placa, jamás lo hago, hay un cierto pudor en ello. Únicamente me identifico y solicito hablar con el director general, un tal Monsieur Dulac, demasiado alto, de piel ceniza y ojos apagados. Me invita a sentarme en una silla frente a un diminuto escritorio desbordado de documentos y libros. Dulac es de nula ayuda. Me recomienda que interrogue a Mademoiselle Renaud, la recepcionista, quien habitualmente tiene contacto con los usuarios. La manda llamar. El silencio se vuelve insoportable, sobre todo por la mirada entre aséptica y de repulsa que me arroja el director. Adivino que Monsieur Dulac pertenece a la clase de sujetos que considera a los policías seres groseros e ignorantes. Algo hay de eso, pienso.

—Peut-être vous l'avez tuée —le espeto sólo por joder.

La acusación lo toma por sorpresa.

—Mais qu'est-ce que vous dites, êtes-vous fou? —me revira el bibliotecario, ahora ya con el asco reflejado en todo su rostro.

Es cierto, estoy loco, éste no mataría ni a una mosca. Y sin embargo, algo me dice que no lo descarte como sospechoso. Interrumpe el momento un individuo totalmente calvo, rechoncho, de riguroso traje marrón, lentes de fondo de botella y bigotillo ralo.

El director general me lo presenta tratando de enderezar el mal comienzo. Se trata de Monsieur Mankyevich, el director del Departamento de Clasificación.

—Enchanté —pronunciamos al mismo tiempo.

Monsieur Dulac le explica que soy policía y el motivo de mi visita. El tal Mankyevich se muestra verdaderamente compungido, más que eso, impactado con la noticia. Le pregunto si conocía a la víctima. Me dice que lamentablemente no tiene trato con los usuarios. Su sonrisa afable, su traje marrón, sus lentes de fondo de botella, su cuerpo rechoncho y encorvado hacen que pronto me olvide de él, como si no estuviera ahí. Observo al director general, una versión de Mankyevich refinada, audaz. Su hostilidad empieza a afectarme. Mantengo un duelo absurdo de miradas con Dulac. ¿Por qué esa urgencia de que me largue? El encargado de clasificar los libros me expresa su deseo de que encontremos al culpable y su contrariedad por no ser de más ayuda. Apenas lo oigo. Tiene una sonrisa mongoloide que me orilla a ignorarlo. Por fin se excusa por la interrupción y promete a Monsieur Dulac regresar más tarde. Al instante aparece Mademoiselle Renaud, la recepcionista de los grandes lentes. Con la información proporcionada por la funcionaria nada más logro confirmar la solitaria asiduidad de Marine Boyed, su pasión por Danielle Steel y el hecho de que no recuerda haberla visto cruzar palabra con ningún usuario.

Otra vez nada.

Me despido de Monsieur Dulac con la promesa de regresar. El director de la biblioteca no se molesta en alentarme a hacerlo. Es un sujeto frío, amanerado, pero de una violencia contenida que se convierte en un cierto toque de refinamiento. Me deja con la mano tendida. Atravieso la biblioteca en dirección a la salida. Monsieur Mankyevich se interpone en mi camino. Con su sonrisa desangelada me sugiere que regrese por la tarde, cuando la sala se llena de vagabundos y malvivientes en busca del calor de la biblioteca, y de *importés*, me dice subrayando el eufemismo con que los canadienses llamamos a los extranjeros. Le agradezco la información y sigo mi camino. Siento su mirada en la espalda.

De vuelta en el auto, el hambre apremia. Hoy no iré al Jalisco... Elijo un buffet chino en la esquina con Papineau, barato, oscuro, pequeño, con un pollo agridulce bastante sabroso. La sal que arroja la Municipalité sobre la nieve para ablandarla y transformarla en una especie de lodazal dificulta el tránsito. La ciudad se ve sucia con la nieve entre marrón y grisácea. Al menos, no ha nevado en toda la mañana. Un sol lejano y frío se asoma apático en lo alto; el termómetro del auto marca ocho grados bajo cero. Pero a mí me agobian otras urgencias que nada tienen que ver con el clima. Me han confiado mi primer gran caso y de su resolución dependen futuras promociones en la Section des Crimes Majeurs du Service de Police de la Ville de Montreal. Me han asignado como asistentes a un par de veteranos inspectores que me ven con recelo por mi juventud e inexperiencia; con envidia porque a pesar de los años nunca les han confiado investigaciones como ésta; con amargura porque dejaron de creer en el honor y la honra de pertenecer a una corporación que ya no premia el tiempo de servicio, sino los diplomas, como si en las aulas se aprendiera a hacer un interrogatorio como dios manda. Por si fuera poco, en estas cuarenta y ocho horas que se van cumpliendo en este momento, la ciudad, a medida que los detalles escabrosos (como el de las dentelladas del perro) han visto la luz, ha comenzado a volverse loca. Han brotado expertos criminólogos por doquier anunciando la llegada de un asesino en serie que situará a Montreal en la órbita de Londres o Boston. Y yo no encuentro una maldita pista que me lleve por algún camino, aunque sea equivocado. No tengo idea de por dónde empezar. Y ese conocimiento me orilla a una conclusión que provoca que me caigan mal los rollos de primavera: no está en mis manos la forma de impedir que el homicida vuelva a atacar en las próximas horas o días.

Doce

Conocía esa costa como la palma de su mano. Parte de su infancia la había pasado en esas playas que eran una continuación del desierto. Pero por la de San Marcos sentía una debilidad especial. La había escogido como punto de desembarque hacía ya muchos años. Primero fue la hierba, a finales de los setenta y durante parte de los ochenta. Con el tiempo desecharon la mariguana porque el margen de ganancia era escaso. Además se trataba de mercancía muy voluminosa. A finales de los ochenta, sus tíos habían entrado en contacto con los colombianos y comenzaron a trasegar coca. Hacia la mitad de la década de los noventa, ya muy castigados los cárteles de Medellín y Cali, las sintéticas se convirtieron en la alternativa. Con laboratorios y red de distribución propios, y los judiciales del Tinín cuidándole las espaldas, el dinero entraba que era una gloria. La constructora, a nombre de una hermana de Luz, y la cadena de hoteles, a nombre de su madre y de la madre del Cabezón, eran insuficientes para blanquear la cascada de dólares.

Pero esa madrugada, en aquel promontorio de donde vigilaba el desembarque con unos binoculares regalo del general de la guarnición militar, Ezequiel comenzó a cargarse de augurios. Abordó la pickup Ford Lobo negra como la noche y de la guantera extrajo un radiotransmisor. Se comunicó con sus subalternos en la orilla de la playa. Un par de camiones de caja cerrada eran cargados a toda prisa desde las pangas de los pescadores.

—Apúrenle, va a clarear en media hora.

—Ya mero terminamos —contestó una voz temerosa en medio de la estática.

Uno de los éxitos de la célula que el Cheque encabezaba, la mayor de la organización dirigida por sus tíos, se basaba en la supervisión personal de cada desembarque. Los otros lugartenientes acostumbraban a delegar responsabilidades mientras buscaban la inmortalidad en los narcocorridos. Al Cheque la música de banda y los tríos norteños lo dejaban frío, el puterío que revoloteaba en torno al negocio le daba cierto asco y meterse coca, cristal o pastas le parecía una debilidad. A Ezequiel Ahumada le gustaba pensarse como una especie de general espartano. A sus cuarenta y cinco años se encontraba el primero en la lista para suceder a sus tíos a la cabeza de la organización. Pero la lectura de los últimos acontecimientos lo tenía intranquilo. Gente del gobernador poseía información de que el nuevo delegado de la Procuraduría General de la República en el estado trabajaba para el Cártel del Sur. Al parecer, había llegado con el cometido de limpiarles la región a sus verdaderos patrones. De ser cierto, se avecinaba una guerra territorial y eso no era bueno para el negocio. El Tinín se había debilitado tras su quinto año al frente del gobierno del estado. Los escándalos por el extraordinario y rápido enriquecimiento, las conexiones que algunos periodistas habían puesto al descubierto entre los testaferros de la constructora y la cadena de hoteles y el gobernador lo tenían enfrascado en una batalla diaria de declaraciones y golpes mediáticos que lo convertían en un individuo temeroso, muy vulnerable. La última ocasión en que había hablado con Martín, lo había sentido huraño y distante. Sus esperanzas, maldita la gracia, estaban puestas en el Cabezón, en el extraño influjo que, dos décadas después, mantenía sobre el Tinín.

—Listo, patrón, nos vamos —dijo una voz a través del radio.

—Ya era hora, carajo.

Cuando fijó los binoculares en la brecha que partía de la playa hacia el norte, hacia la frontera, se quedó helado. ¿Dónde estaban los hijos de la chingada de los judiciales que debían escoltar los camiones? El camino de terracería que serpenteaba entre las dunas aparecía desierto, ni luces ni siluetas en la sombra. Nada. Los habían abandonado a su suerte. El Cheque imaginó que no tardarían en aparecer los federales. Se trataba de una emboscada. Se sintió imbécil. El Tinín y el Cabezón lo habían traicionado. Se llevó el radio a la altura de la boca.

—Abandonen la carga, repito, abandonen la carga, nos largamos de aquí. Nos pusieron un cuatro.

Había llegado la hora de perder el estilo. De treparse a la pick up y acelerar a fondo. La playa era una ratonera. Sólo la brecha podía sacarlo de ahí. Desde el cerro donde estaba tenía que descender por la vertiente sur unos doscientos metros hasta llegar a la orilla, recorrer hacia al oeste otro tanto y tomar el camino arenoso, abierto en el desierto por la persistencia, sin opción de desvíos a riesgo de quedar varado en los arenales. Sus brazos vibraban junto con el volante, que absorbía los impactos de las llantas al acometer los baches del promontorio. Al llegar a la orilla de la cala, la camioneta se deslizó suave sobre la arena húmeda, levantando una brisa a sus flancos que le impedía ver las pangas de los pescadores salir disparadas sobre las olas. A la derecha quedaron los dos camiones de caja cerrada repletos de mercancía abandonados a su suerte. Me va a costar millones la pinche gracia, alcanzó a pensar antes de distinguir las primeras hummers militares y las camionetas de los federales desembocar en la playa. Extrajo de la cintura una Block automática de cachas de marfil y por la ventanilla la arrojó al agua. Un buen abogado y unos cientos de miles de dólares lo sacarían del bote en menos de un mes. Levantó el pie del acelerador, se alejó paulatinamente de la orilla y detuvo la camioneta en medio de la playa. Clareaba el horizonte. Los primeros rayos despuntaban sobre las crestas de las dunas y extraían destellos de un mar casi inmóvil. Ezequiel contemplaba tranquilo la línea divisoria entre las dos inmensidades, todavía naranjas por el alba. Una hummer del ejército y una pick up de la federal formaron una cuña a escasos metros de él. Descendieron los ocupantes con lujo de gritos y aspavientos y se parapetaron tras los vehículos. Una docena de fusiles lo encañonó en cuestión de segundos. De reojo alcanzó a presenciar cómo los estibadores que no habían podido huir en las pangas de los pescadores eran sometidos: pecho a tierra y cañón encajado en la nuca; insultos, mentadas de madre para darse valor. Nadie opuso resistencia, imitando al patrón, se entregaron sin defenderse. Ezequiel, sentado aún en la camioneta, levantó los brazos y sonrió con cierto desamparo. No dejaba entrever ni temor ni coraje, sólo un infinito hastío que se adivinaba en la extraña manera con que contemplaba el amanecer. Una especie de melancolía. La confirmación final de una posibilidad presente cada minuto desde el primer gramo vendido, desde el primer alijo contrabandeado, desde el primer fulano al que se le mete un tiro en la frente. En formación de ataque, los uniformados avanzaron hacia Ezequiel. Percibió el miedo en sus ojos, el ruego de que no fuera a sacar una cuerno de chivo de debajo del asiento con la intención de llevarse a dos o tres por delante antes de que le reventaran los sesos. El Cheque trataba de moverse lentamente. Comenzó a hablar. A conjugar los verbos de la negociación, a lanzar las palabras que conspiraran contra la urgencia de los gatillos. En cámara lenta llevó la mano izquierda a la manija de la puerta. La abrió como si el tiempo no existiera. Descendió del vehículo sin dejar de sonreír, de parlotear, calmados, calmados, me estoy entregando. Por fin, dos soldados se abalanzaron sobre él. En una fracción de segundo se halló con el rostro hundido en el cofre de la camioneta, las manos a la espalda, esposadas, y el cañón de una G3 en los riñones. No es necesario, quiso decir. Lo pensó mejor. Una inmensa fatiga, la certidumbre de la inutilidad de las palabras lo invadió de repente. Mejor guardó silencio.

Trece

Sentado al desmesurado escritorio de madera de boj, bajo su propia foto enmarcada en plata y de frente al Cabezón, taciturno y malhumorado, el señor gobernador ojeaba los periódicos del día. La mayor parte de las primeras planas alababa el quinto informe de gobierno, ofrecido el día anterior ante el Congreso del estado. Únicamente *La Crónica del Norte* y el semanario *Pulso* dedicaban casi todo su contenido a golpearlo. A pesar de los buenos oficios del Cabezón, ninguna de estas dos publicaciones había aceptado el chayote con que había callado a los otros medios durante los últimos cinco años. Tampoco la amenaza velada, el secuestro de algunas ediciones o la desaparición de un par de reporteros incisivos los habían intimidado. En ese momento, el Cabezón acababa de terminar de leerle al señor gobernador el reportaje aparecido en las páginas centrales del semanario. En él se detallaba de manera bastante precisa la red de prestanombres tejida por el licenciado Martín Torrevieja, gracias a la cual era beneficiario indirecto de la Constructora San Marcos y de la cadena de hoteles Montecarlo. También consignaba el reportero cómo el noventa por ciento de los desarrollos habitacionales edificados en su sexenio había sido ejecutado por la mentada constructora. La nota concluía insinuando los vínculos del gobernador con el Cártel de los Hermanos Ahumada.

El Cabezón arrojó el semanario sobre la mesa con un dejo de pavor y encaró al Tinín lleno de presagios. Guardaron silencio. Eran conscientes de que esa información había sido filtrada como una especie de advertencia. Suponían que la entrevista concertada para dentro de unos minutos con el delegado de la PGR en el estado, el licenciado García Diego, no se trataba de un hecho fortuito. El Cabezón había previsto la llegada de ese momento desde aquella lejana noche de graduación en la que el Tinín había jugado a encarnar en un Fausto bastante ingenuo y al mismo tiempo perverso. De cierta forma, lo había deseado todo ese tiempo sólo para poder regodearse en la confirmación del desastre. Martín Torrevieja no salía de su asombro. Incapaz de entender los caprichos de un destino que había firmado alegremente veinte años atrás, se negaba a ver cómo empezaba a desmoronarse todo a su alrededor.

La voz artificial de su secretaria anunció por el interfono la llegada del delegado.

—Que pase —dijo.

El Cabezón hizo ademán de levantarse. El Tinín se lo impidió con un sutil movimiento de la mano.

—Quiero que estés presente, esto nos concierne a los dos.

Tienes miedo, cabrón, pensó el Cabezón mientras se reacomodaba en el asiento de piel que olía a vaca. Se abrió la puerta del privado del señor gobernador e hizo entrada un exultante gordo, con andar de perdonavidas, envuelto en una nube de perfume, con cadena de oro al cuello, pluma Mont Blanc en el bolsillo y Rólex en la muñeca. La camisa Polo estaba a punto de reventar con tanto abdomen. El pantalón era de la misma marca. Al verlo, el Cabezón confirmó que la realidad se parecía demasiado a los arquetipos. Engañosamente cano, el cabello lo llevaba al rape, con lo que la grasa del cuello resaltaba en el conjunto. Caminó decidido hacia Martín, sonriente, campechano, con el brazo extendido más como un ariete que como un gesto cálido. El gobernador se levantó de la silla algo aturdido por el perfume. Se estrecharon la mano mandándose mensajes de testosterona. Luego, el gobernador presentó al Cabezón, su secretario particular y hombre de todas las confianzas.

—Lo sabemos —dijo el licenciado García Diego con voz de tenor al tiempo que tomaba el asiento ubicado a la derecha del Cabezón.

—Dígame, ¿qué se le ofrece, señor delegado?

El Tinín quiso ir directo al grano, como una estrategia de distanciamiento. García Diego se sorprendió con la urgencia. Dudó unos instantes antes de tomar la palabra.

—Bien, veo que no le gusta andarse con rodeos. A mí tampoco. Queremos a Ezequiel Ahumada.

—No lo comprendo.

—Sabemos de sus nexos comerciales, de su larga amistad y contamos con el testimonio de un agente de la Judicial del estado que detalla la manera en que les dan protección a sus actividades ilícitas.

García Diego hizo una pausa en espera de alguna reacción del gobernador. Se dio cuenta de que la edición más reciente del semanario *Pulso* descansaba sobre el escritorio y supo que el mensaje había llegado.

—Mis jefes no quieren su cabeza, sólo la del Cheque Ahumada.

—¿Quiénes son sus jefes? —quiso saber el Cabezón.

—Eso no importa —respondió el funcionario de la PGR mientras barría al Cabezón con un gesto de aquí huele a mierda—. Si no colabora, dentro de un año, cuando pierda su fuero, lo metemos al tambo, eso sin contar el infierno mediático que estamos en condiciones de crear desde ahorita. Si por el contrario, nos lo entrega, su último año al frente del gobierno irá sobre ruedas y su retiro será dorado, se lo aseguro. Usted elige.

Catorce

Viajamos en metro como simples mortales. Sentados uno al lado del otro, nuestros rostros son grises y anónimos. Pienso en el inframundo. La gente alrededor mece sus cuerpos al ritmo del vagón, también sus mentes. La mía es un murmullo de ideas inconexas. Los viajeros del metro se ven sin mirarse. Vamos a Longueuil, más allá de la isla; Montreal flota en una isla en medio del río Saint Laurent. El Tinín oculta su miedo tras la mirada extraviada en el túnel que nos devora. El metro pasa por debajo del río. Millones de litros atrapados bajo la frágil capa de hielo que se forma en la superficie transcurren impertérritos sobre nuestras cabezas. Después de tantos años de lisonjas, choferes, autos de lujo, alfombras y caravanas, abordar un transporte colectivo es una experiencia fascinante. No para Martín, está muerto de miedo y de asco. Me ha costado convencerlo de tomar el metro para ir con el doctor Brunelli, en Longueuil. Ha aceptado bajo el argumento de la discreción; es una forma de empezar a asumir esta nueva existencia anodina. Luego, ya en el vagón, se ha dado cuenta de que el túnel atraviesa el río. ¿Por qué no me lo dijiste antes?, me ha reclamado a gritos. Su rostro muestra una palidez cerúlea. Los nudillos de su mano derecha se ven blancos, sin sangre, a causa de la presión con que se aferra al tubo de aluminio frente a nosotros. No deja de observar por la ventana, imagino que imagina la inmensidad del agua, su viaje inexorable. Nunca es tarde para descubrir las fobias de una persona, sus miedos más profundos. Martín Torrevieja transpira, tal vez a causa de la calefacción del vagón. No pronuncia una sola palabra. La mandíbula, tensa, apenas deja escapar el aire avaro de su respiración entrecortada. El tren se detiene en la estación Île Sainte Hélène, un islote entre Montreal y Longueuil, donde una esfera de metal —Terre des Hommes se llama— da testimonio de la Expo Universal celebrada en 1967. Sube y baja gente. Cuando el convoy reanuda la marcha, parece que nada ha cambiado. Vuelve el traqueteo, la monotonía plúmbea de los rostros enajenados y el pánico del señor gobernador. Regresa la melancolía o el fatalismo, o ambos, todavía no me queda muy claro qué es esto que siento. Sé que me agrada, sobre todo que me inmuniza contra el presente y el futuro, lo cual se agradece cuando la muerte te pisa los talones. Muerte, exilio, condena del homo viator. Ni Ulises ni después Kavafis terminaron de regresar a Ítaca. Yo tampoco volveré al pueblo, a la plaza espuria con su ridícula iglesia. Nunca podré recuperar la inocencia, tal vez de eso se trate el exilio. Pero prefiero la serenidad de esta tristeza en el destierro que la zozobra de los últimos años, de los meses más recientes. La agitación del éxito, el vértigo de los triunfos inútiles, la caída. La resignación, lo saben los suicidas, te da certezas ante la misma muerte. Pensándolo bien, es totalmente absurdo acudir con el doctor Brunelli. Hacerlo significa aferrarse al espejismo de reiniciar una vida. ¿Pero cómo sacudirse del lastre? ¿Existirán tantas coartadas? Yo no pienso prestarme al juego, pero el señor gobernador no deja de creer en la mascarada de la nueva identidad. Trato de imaginármelo con otra cara. Parece imposible que en tan pocos meses la actual haya envejecido de esa manera. Las bolsas bajo los ojos, la papada, las canas que atacan sus sienes han ido apareciendo voraces. Se vuelve cada vez más difícil recordar la exultación de antaño. Sentado ahí, aferrado a la esperanza de una operación que tiene mucho de mágica, el Tinín ya no es más que un fantasma. Creo que no deja de preguntarse todavía qué falló. En qué momento dejó de ser dueño de su destino, si es que se es en algún instante, el de la primera decisión al menos. La diferencia entre Martín y yo está en que desde el primer minuto de cada una de nuestras vidas, yo conocía los posibles desenlaces de esta historia. Él siempre confió en su suerte. Nunca contempló la posibilidad del derrumbamiento. Y a pesar del reflejo que le devuelve la ventana, lo sigue haciendo.

Salimos a la superficie.

Longueuil no se parece a Montreal. Sus avenidas rectas, sus casas uniformes, sus jardines monótonos recuerdan más a una ciudad gringa. La clínica del doctor Brunelli se encuentra a un par de cuadras de la estación. Caminamos desorientados a la caza de la dirección. Con mi pobre francés le he preguntado a un policía del metro. Todo derecho, me ha dicho, sobre la avenida en la que desemboca la salida del subterráneo. Dos fuegos, así se dice aquí en lugar de cuadras, deux feux. En efecto, ahí está la clínica. Es una casa que se pierde en la uniformidad de todas las demás si no es por el anuncio luminoso, Clinique Nouvelle Vie, chirurgie plastique. La recepcionista habla español con acento argentino. Es bonita, con los genes italianos a flor de piel. Martín, que ha recuperado la audacia, se vuelve seductor. Se trata de algo instintivo. La recepcionista lo sienta con profesional indulgencia. El Tinín resiente el golpe. Me río para mis adentros. El imbécil se olvida a cada instante de quién es ahora. Al cabo de unos minutos, la recepcionista le indica que la siga. Martín ni siquiera voltea a verme, se va tras de los pasos de la mujer, mucho más asustado de lo que quiere confesar. En la acristalada mesa de centro se desparraman revistas sudamericanas y canadienses. Hojeo una de Chile pero me aburro al momento. Gente bella, ofensivamente altanera, con suficiente billete como para alcanzar el sueño de la eterna juventud, entra y sale de la clínica.

¿Cómo hubiera sido mi vida de no haber cargado con esta cabeza que si en algún lugar desentona es, precisamente, en éste?

Probablemente habría conocido el amor. Quizá tendría hijos en los que reflejarme. Tal vez una cátedra en la facultad. Me hubiera encantado enseñar filosofía del derecho, el único terreno en donde la ciencia jurídica no se pervierte. Pero cómo pararse frente a un grupo de jóvenes crueles y sarcásticos con semejante aspecto. Mi existencia hubiese sido la de millones de mortales. Y sentado en la recepción de esta clínica de belleza, descubro que aún puedo sentir envidia de las vidas grises de esos millones de seres, predecibles, dictadas por una inercia sin un gramo de épica. Yo que he sido el poder detrás del trono. El gran titiritero en un teatro bananero, hediondo a rancho.

Por fin reaparece el Tinín. De regreso me cuenta que van a aumentarle el mentón, reducirle la nariz, quitarle las bolsas de los ojos y agrandarle los pómulos. Con eso y un buen tinte para el cabello quedará irreconocible, me asegura. Va tan alegre que parece haber olvidado el terror de viajar bajo el río. No se preocupa mucho por mi suerte; en el fondo sabe que después de la operación tendré que desaparecer de su vida.

Quince

Edith Prudhomme encontraba una satisfacción incomparable en la lectura de *La femme rompue*. En la Beauvoir descubría las certezas que justificaban su soledad. Cada cierto tiempo, sobre todo en las tardes de invierno, se refugiaba en la Bibliothèque Communautaire du Plateau y releía la breve novela de la autora de *El segundo sexo*. Activista en los sesenta, había presenciado al eterno amor de Simone arengar a los jóvenes estudiantes de París trepada en un bote de basura. También había formado parte del movimiento separatista del Québec, vivido en una comuna hippie en Vancouver y abrazado la filosofía oriental. A sus cincuenta y ocho años, Edith Prudhomme luchaba contra el nihilismo y la soledad a golpe de yoga, comida vegetariana y una entusiasta militancia en Greenpeace. Pero ciertos días como ése, al terminar sus clases de historia en el Lycée, retardaba el regreso a casa metiéndose en alguno de los cines de Saint Denis o cobijándose en la acogedora biblioteca del barrio. Allí, cuando había olvidado por qué había renunciado al matrimonio y a la maternidad, se encontraba con su vieja amiga Monique que le contaba desde su desgarrado diario el momento en que Maurice, su esposo, le confesaba que había otra mujer en su vida.

Siempre va a haber otra mujer, se decía Edith, y un poco menos nostálgica por las oportunidades idas, emprendía el regreso a casa, tomando el autobús por toda la avenida Mont Royal hasta Lefèvre.

Ese día, Edith Prudhomme se quedó en la biblioteca hasta la hora del cierre. Unos minutos antes se había acercado a un funcionario para preguntarle cuándo estaría disponible el ejemplar de *Les mandarins* que había solicitado con tanta insistencia. Hacía mucho tiempo que quería leer esa novela de la Beauvoir. El funcionario se mostró muy servicial, le dijo que la biblioteca había adquirido recientemente la primera edición de Gallimard de 1954. Una joya que llegaría en una semana más. Luego, el hombre le soltó una frase que a Edith le resultó enigmática y despreciable al mismo tiempo: Simone de Beauvoir es una de las culpables de los males que aquejan al mundo. El funcionario lo dijo con tanta ingenuidad que a Edith le pareció un chiste de bibliotecarios que no supo entender.

Cuando abandonó el lugar, caían copos blandos, volubles, que se posaban en silencio sobre el techo de la parada de autobús. No sabía por qué, pero traía en la memoria más fresco que nunca el último párrafo del relato de Monique. *Estoy en el umbral. No hay más que esta puerta y lo que acecha detrás. Tengo miedo y no puedo llamar a nadie en mi auxilio. Tengo miedo.* Al igual que Monique, llegaría a su departamento de dos recámaras, sala, cocina y baño, y al abrir la puerta tendría miedo. Miedo al eco de sus propios pasos. Miedo a las sombras que se cuelan en las casas solas. Miedo a la cortina cerrada de la ducha. Miedo a los clósets semiabiertos, al hueco debajo de la cama, a los espejos. Prendería todas las luces, el televisor y cantaría versos sueltos de Bob Dylan o Jacques Brel. Se negaba a renunciar a ciertos estereotipos.

Tomó el elevador del edificio de departamentos. Se detuvo en el quinto piso. Al abrirse la puerta automática se cruzó con el joven matrimonio que vivía enfrente. Él era cortés, de modales contenidos. El rictus de ella destilaba amargura. Ya frente a su puerta, buscó la llave en el enorme morral que colgaba de su hombro. Concentrada en escarbar entre los cientos de cachivaches inútiles, no sintió la presencia como una corriente de aire a su espalda hasta que no estuvo a medio metro. Al voltear, se encontró con un rostro familiar que había visto ya en alguna parte, no una vez, sino varias. Por eso no acertó a gritar cuando un pañuelo húmedo le tapó la boca. A los pocos segundos de un forcejeo azaroso y pueril, cayó inconsciente.

El hombre, ni corpulento ni especialmente enclenque, tardó menos tiempo que Edith Prudhomme en dar con la llave. Abrió la puerta del departamento de la mujer y arrastró el cuerpo inconsciente al interior. Salió de nuevo al pasillo y caminó a la derecha unos cuantos metros hasta la escalera de emergencia. Semioculta tras un ficus, le aguardaba una maleta azul marino de llantas, de ciento veinte centímetros de alto por ochenta de ancho y cincuenta de fondo. La tomó del asa y la trasladó de vuelta al departamento. Acostó la valija a un lado de la mujer, la abrió y extrajo un rollo de cinta adhesiva industrial. Con delicadeza, dobló el cuerpo por la cintura, de forma que sus muñecas y tobillos quedaron a la misma altura. Utilizó más de medio rollo para amarrar los pies con las manos. Los guantes de látex le dificultaban la maniobra. Con un impulso aparentemente superior a sus fuerzas, introdujo el cuerpo plegado de la mujer en la maleta, guardó la cinta adhesiva, cerró la cremallera, incorporó la valija, tomó el bolso de la mujer y salió del departamento jalando de la maleta con dificultad. Los músculos de los brazos le dolían. Unas gotas de sudor aparecieron en su frente amplia. Utilizó el ascensor. Tuvo suerte, nadie se cruzó en su camino. La mayoría de los habitantes del condominio estaba ya al resguardo frente a la televisión. Salió del edificio y se dirigió a una Dodge Caravan modelo 92 estacionada a media cuadra.

Despertó lentamente, como si regresara de un profundo sueño. Aún no abría los ojos ni acertaba a moverse. Solo se trataba de la ligera conciencia de estar viva. Le dolía la cabeza de una manera desconocida. Y sentía un persistente vahído en el estómago. Trató de llevarse una mano a la frente para detener el frío cuchillo que parecía atravesarle el cráneo y descubrió que estaba amarrada. Quiso gritar pero la mordaza que no había sentido hasta entonces se lo impidió. Comenzó a agitarse frenéticamente. Sus piernas, al igual que sus brazos, estaban fuertemente atadas. Únicamente logró convulsionarse. Después de unos segundos de espasmos histéricos, intentó calmarse. Ha de ser, se dijo, esa sensación de inmovilidad que uno siente cuando está entre la vigilia y el sueño. Respiró profundamente y con calma trató de incorporarse. Nada más la cabeza se despegó del suelo. Se encontraba en una habitación sin un solo mueble, de paredes acolchadas, alumbrada por un par de tubos de neón. Se vio a sí misma acostada en el piso, abierta de piernas y los brazos en cruz. Rompió en llanto. Los sollozos la ahogaban por culpa de la mordaza. Entonces, sintió el verdadero terror, ese que afloja el esfínter. Hizo un nuevo intento por liberarse. Los gritos se agolpaban contra la pelota de hule que tenía incrustada en la boca, fija con cinta adhesiva. Pensó que iba a morir asfixiada en su propio llanto.

Y hubiera sido preferible.

En ese instante se abrió una escotilla de una de las paredes y apareció ante sus ojos un perro descomunal. Gruñía, mostraba los colmillos y babeaba. Sólo entonces Edith Prudhomme se dio cuenta de que una especie de manteca impregnaba su cuerpo. Una sustancia de un asqueroso hedor que, al parecer, era irresistible para aquel animal negro. El perro flexionó sus cuartos traseros y saltó.

Con un silbido corto llamas a Petit-nègre. Noble, el perro asoma la cabeza por la escotilla. Tiene el hocico ensangrentado. Mueve el rabo con inocencia. Le acaricias los belfos y tu mano se impregna de sangre. Sientes ese placer único que te proporciona la imagen de la mujer destrozada. La observas unos minutos más a través de los discretos orificios en la pared. Dejas el sótano satisfecho. Petit-nègre te sigue fiel hasta la sala. Te sientas con un suspiro y dialogas con el perro. Su complicidad te reconforta. Te incorporas y te diriges a la repisa de donde tomas un volumen con el sello de la biblioteca del Plateau Mont-Royal en el lomo. Lo hojeas hasta dar con el párrafo subrayado. Te sientas en la mesa de la sala y comienzas a copiarlo sobre la mala imitación de un pergamino antiguo. No es necesario que leas cada renglón, te los sabes de memoria.

> Yo temo que en el fondo trames algo terrible. Una mujer que rápido se exacerba es más fácil de esquivar que aquella taimada que guarda silencio.

Entre las líneas, surgen los rostros del pasado. El de un hombre abotagado por el alcohol y su aliento podrido recorriendo tu cuerpo. El de una mujer que te insulta, te humilla, te castiga merecidamente por alejar al hombre de su cama. Los rostros se funden en uno para dar paso a un tercero: esa cara que era luz en la oscuridad. Mientras se aleja de ti la penumbra lo inunda todo. *Una mujer que rápido se exacerba es más fácil de esquivar que aquella taimada que guarda silencio*, vuelves a leer. Ahora tienes que regresar al sótano. Continuar con la tarea antes de que termines de extraviarte en el túnel por el que caminas. Te aferras a Petit-nègre, nunca te ha traicionado.

Dieciséis

Hemos mecanizado el sexo. Lo hacemos para que parezca que todo sigue, de alguna manera, como creímos que pudo ser. No me queda muy claro si en este par de años hemos llegado a tener la relación que nos prometimos. Alcanzamos el clímax al mismo tiempo, imagino que se trata de la costumbre y no de ninguna clase de conexión especial. Extenuados el uno junto al otro, guardamos silencio. Se nos han terminado las palabras. Ni a mí me interesa su trabajo en la agencia de publicidad ni a ella el mío en la policía. El televisor juega su parte. Prenderlo después de follar es una forma como cualquier otra de odiarse o, cuando menos, de rechazarse con cierta cortesía. De evitar lo inevitable. En alguna ocasión nos pasó por la cabeza vivir juntos, incluso el matrimonio. Hubo sueños, sí. Después vino la rutina, mi absorbente trabajo, el suyo, frívolo y banal. Y el silencio. Los deslices que ambos hemos tenido. El hastío. Su desnudez es hermosa y fría. Poco más. En el Discovery Channel están pasando uno de esos programas donde los investigadores gringos le enseñan al mundo lo sagaces que son. La criminología convertida en reality show. No está mal si sabes que la suerte juega un papel determinante en la investigación de un crimen.

Que los palos de ciego suman más que los aciertos. Ha comenzado a vestirse.

Me dice que mañana tendrá un día muy pesado en el trabajo.

Para mí también mañana es un día de mierda. Pero me guardo el comentario. Ella sabe que en mi caso todos los días son una mierda y eso la asquea, la exaspera. No tardará en irse. En la tele, gracias a la colilla de un cigarro encontrada en el lugar del crimen descifran el ADN del sospechoso. Quisiera yo colillas para el caso de *l'assassin du chien*, como lo ha bautizado la prensa sensacionalista. Se me antoja un cigarro. Prendo un camel sin filtro, ella me reprueba con la mirada. No le gusta que fume, sin embargo, no dice nada. Me besa fugazmente, casi como un accidente, y me sugiere:

—Je te téléphone demain.

Es una especie de clave. Significa que no debo buscarla mañana. Yo también la uso de vez en cuando, cada vez con más frecuencia. Oigo que cierra la puerta con cierta violencia. Aspiro el humo del cigarro con fuerza y me lastima la garganta. He tratado de dejarlo, un poco por ella, un poco por mí. Entonces suena el celular. A las once de la noche sólo puede ser de la comisaría. *Ma mère* rara vez habla a estas horas. Es el jefe en persona. Me hostigan sus gritos, su urgencia, su zozobra. Me pongo en movimiento, menos rápido de lo que él quisiera. Intuyo lo que me espera, y me avergüenza.

Únicamente ha cambiado el escenario: l'île Sainte Hélène, inhóspita, cubierta por la nieve, sin testigos, oscura, silenciosa. Un empleado de l'Hôtel de Ville que recorría el bosque que se extiende a la vera del río ha encontrado el cadáver. Otra vez se trata de una mujer destrozada por un perro. Sobre el pecho, clavado con un estilete, un pergamino contiene la segunda parte del mensaje; sé que en él está la clave, nada más.

> Yo temo que en el fondo trames algo terrible. Una mujer que rápido se exacerba es más fácil de esquivar que aquella taimada que guarda silencio.

Mis ayudantes han recabado la información más inmediata. A unos cien metros del cuerpo han encontrado tirada entre los arbustos una bolsa artesanal, parece peruana o centroamericana. La buena noticia es que, igual que Marine Boyed, la segunda víctima guardaba entre sus pertenencias una credencial de la Bibliothèque Communautaire du Plateau Mont-Royal. No se trata de una coincidencia, Edith Prudhomme vivía por el rumbo de la primera mujer asesinada. Así que, quien quiera que sea el homicida, selecciona a sus víctimas en la biblioteca. De ser así, el universo de posibles cadáveres se reduce de cientos de miles a miles. Los peritos realizan su tarea y yo, como me enseñaron en la universidad, inspecciono el lugar en busca de indicios, pistas, tratando de no contaminar el área. Observo al Saint Laurent, misterioso en la noche, trasportar en su lomo pedazos de hielo. No termina de congelarse. Me hechiza este río, me cautiva.

Desde niño me ha gustado contemplarlo. Pero en este momento no hay encanto ni magia ni secrecía. Me da por imaginar que desde algún punto de la otra orilla, le fils de pute me vigila con una sonrisa implacable. Merde !

Diecisiete

El 17 de septiembre de 1997, a las doce de la noche, a Martín Torrevieja se le acabaron todos los privilegios; a esa hora, el mandato constitucional que lo investía como gobernador llegaba a su fin. Cuando vio la aguja grande del reloj Cartier alcanzar la chica, sonrió con resignación y le invadió la incertidumbre del futuro. Habían pasado seis años, demasiados, se dijo, para estar aguantando tanta chingadera. Iba a ser su última noche en la residencia oficial, ese mismo día entregaría el poder ante el Congreso del estado. Luz ya se había largado a alguna ciudad de California. Se encontraba tan solo, tan poderosamente solo en esa mansión en la que había residido antes de él una docena de hombres que, como él, habían enfrentado ese momento, que tuvo que marcar al celular del Cabezón. No contestaba. Volvió a intentarlo. Esta vez una voz amodorrada se escuchó del otro lado del auricular.

—Cabezón, ¿estabas dormido?

—Sí, señor gobernador. Pero no hay problema, ¿todo bien?

—No puedo dormir.

Esperó a que su interlocutor dijera algo. Sólo le llegaba la respiración inútil de su secretario. Y la suya propia, entrecortada.

—¡Me lleva la chingada! —exclamó.

—Tómese algo, señor, una tacha...

Al Cabezón le hubiese gustado añadir: pero ya deje de estar jodiendo. Agotado, él mismo había recurrido al Tafil para poder descansar. Les esperaba una jornada de infamia. La oposición iba a sabotear la transmisión de poderes. Fuentes de confianza le habían informado que los periódicos resistentes durante el sexenio a los embates del gobernador preparaban para ese día ediciones de escarnio y linchamiento. A Martín Torrevieja, ya sin la inmunidad del poder, lo iban a quemar en la hoguera y los súbditos, apáticos, ramplones y convenencieros, se había dicho el Cabezón, aplaudirían gozosos.

—¿Ya tienes los boletos?

—Sí, señor gobernador. Salimos al DF mañana —se fijó en el reloj del buró—, bueno, hoy, a las siete de la noche. Dormiremos en el hotel del aeropuerto y a las once de la mañana nos vamos del país.

—¿Y García Diego está al tanto de todo?

—Él me proporcionó los pasajes personalmente, señor gobernador.

El Cabezón había ido a la delegación de la PGR temprano en la mañana. Después de esperar dos horas, había sido recibido por el delegado con una frialdad obispal. Le había entregado los boletos sin decir nada y después de una pausa deliberada, un tanto falaz, le había dicho:

—Confiamos en ustedes, si mañana no están en el aeropuerto a la hora convenida, se desata una búsqueda de dios padre. No van a poder esconderse ni en el vientre de su chingada madre, ¿está claro? En el DF, nuestros agentes los estarán esperando, los llevarán al hotel, se quedarán con ustedes en la habitación y al día siguiente los pondrán en un avión. Una vez allá, se van a hospedar en este hotel —le había deslizado un pedazo de papel con el nombre— y van a esperar a que nosotros nos comuniquemos con ustedes.

Después, el funcionario había hecho un gesto vago que podía tomarse como una despedida o una interrogante. El Cabezón, sin querer interpretarlo, se había levantado y dado media vuelta con los pasajes y el nombre del hotel en la bolsa interior del saco. No había abierto la boca. Ése era el retiro dorado que García Diego les había prometido si entregaban al Cheque. Esconderse como ratones.

—Entonces, ¿todo va a estar bien?

—Así es, señor gobernador.

—Ya, pinche Cabezón, ya no me digas así, acabo de dejar de serlo.

El Cabezón pudo reconocer el miedo al otro lado de la línea. La soledad de su jefe. El plan se lo había detallado repetidas veces durante aquel día, casi como una obsesión. El sueño apenas le permitía mantener los ojos abiertos. Esperó alguna otra pregunta, una orden, un comentario. El señor gobernador guardaba silencio.

—Pues bueno, Cabezón, esperemos que todo salga bien.

—Así es. Si no hay otro pendiente, buenas noches, descansa.

Y colgó.

Dieciocho

El Jalisco no te rajes se nos ha convertido en un ritual. Ambos somos conscientes de que los boleros de Luis Miguel, los chiles rellenos y el tequila actúan como un aplazamiento del desastre. El señor gobernador ha encontrado en el gigantón de Zapopan, el dueño, un silencioso contertulio que celebra sus baladronadas y arrebatos sentimentales, su banalidad, con una suerte de silencio templario. Para Julián (así se llama) nuestras visitas significan noticias frescas de un país al que hace años no regresa, un buen pretexto para la nostalgia. Solemos sentarnos, si es posible, en la mesa de la primera vez. El Tinín, con profusión de voces y aspavientos; yo, con mi rencoroso silencio. Así perpetuamos el impasse en el que vivimos. Ha pasado un mes. El frío arrecia y a mí me sigue deprimiendo tanta blancura, tanto encierro, tanto señor gobernador. Dentro de una semana entrará al quirófano. Mientras tanto aplazamos el paso del tiempo. Supersticiosamente, Martín ha fijado en la fecha de la operación el comienzo de una nueva vida. Como si una nariz rectilínea alcanzara para corregir la flacidez de espíritu. Pero el Tinín siempre ha invocado al optimismo cuando se trata de sortear realidades. De niño, desde su perversa belleza, en medio de la miseria del pueblo, dibujaba futuros con una candidez irresistible. Ni el alcoholismo melancólico de su padre, guitarrista de cantina en sus últimos días, ni la jodida y castrante personalidad de su madre lo detuvieron. Como si fuera suficiente desear algo para perpetrarlo.

Hoy, a un lado de nuestra mesa de habitués, cena un joven que Julián nos presenta como el hijo de su esposa. Se llama Aitor Pelletier. Sus ojeras me avisan de noches de insomnio. Su mirada es la de un viejo prematuro. Habla un español fluido pero el ceceo ibérico se le tropieza de vez en cuando con las erres guturales. Se trata de una extraña mezcla no exenta de cierto encanto. Su madre, nos explica, es originaria de Bilbao. El señor gobernador desestima pronto la plática con el joven. Detesta que le arrebaten el reflector. Aitor Pelletier no parece admirado, ni pretende parecerlo, con las grandezas que el Tinín recrea. Julián, visiblemente orgulloso, nos comenta que Aitor es inspector de la policía de Montreal. Martín se atraganta. La ironía me parece deliciosa. El Tinín ha decidido callarse, traga enojado e interrumpe la conversación con sutiles críticas al menú. El enorme mexicano se preocupa más de la cuenta. Apenado, le propone cambiarle el plato (se trata de un huachinango al mojo de ajo). Hijo de la chingada, qué poca madre. El monumental Julián se va a la cocina con el pescado y el orgullo hechos girones. El jalisciense es de esos tipos que cocinan, atienden, hablan y escuchan con el corazón. Me gustaría abandonar en este mismo momento al egocéntrico, fatuo e hijo de puta del señor gobernador. ¿Por qué no lo hago? Porque odiarlo, atestiguar su fin y bailar sobre su tumba son motivos tan válidos como cualquier otro para seguir tirando.

La respuesta a la pregunta casual que acabo de hacerle a Aitor Pelletier, un poco por joder al Tinín, capta toda mi atención. El hijastro de Julián está al frente de la investigación de las mujeres asesinadas. He leído algo en los periódicos. Un caso con tufo a primer mundo. Un loco que secuestra mujeres solitarias y se las da de comida a los perros. Un perfecto desquiciado como los miles que deambulan hablando solos por esta ciudad en busca de una buena azotea para sus ansias de francotirador. Yo también subiría a un décimo piso para sorrajarle cuatro tiros al primer sujeto que se me pusiera en la mira. La idea me provoca. Un balazo seco en la frente del señor gobernador. Pum. El joven *inspecteur* tiene sus reservas para soltar la sopa sobre los avances de la investigación. Adivino que son escasos. Su juventud lo delata. El cuerpo no miente. Agotamos el tema con los horrores y la falta de valores de la sociedad moderna. Epidemia de lugares comunes; pero la ironía me sigue pareciendo deliciosa. Su sonrisa cansada y el infierno de sus ojos me merecen todo el respeto. Es un atormentado. Envidio toda la miseria y el dolor que reflejan esas pupilas verdes. En cierta forma los quisiera para mí y sentir al menos asco, no este vacío constante. Es un testigo privilegiado de la putrefacción humana y por eso mismo, puede que le quede todavía alguna reivindicación. Guarda aún una buena dosis de impotencia. Ahí sentado a escasos metros del Tinín, se yergue como un magnífico ejemplar de conciencia. Mientras, el señor gobernador se dedica a masticar y se encorva porcino sobre la langosta con la que Julián lo ha contentado. En la copa de vino blanco ha dejado marcadas las huellas de sus dedos y labios. Vesánico, succiona las pinzas del crustáceo. Por momentos pierde el estilo. Su cabello ha encanecido. La papada deforma su rostro, congestionado por el vino y la calefacción. Parece ido, fuera del presente, como si en cada pedazo de carne arrancado a la langosta estuvieran los trozos de su antigua vida: la alabanza, el aplauso, la humillación de los otros, las caravanas y el besamanos.

—Esto estaba delicioso —exclama al tiempo que hace el plato a un lado y se recarga en el respaldo de la silla. Maquinalmente se limpia las manos y los labios con la servilleta y la arroja sobre la mesa—. Así que eres policía. En mi país ya hubieran agarrado a ese hijo de la chingada. O a otro. ¡Qué más da! Ya estaría alguien en el bote y la gente contenta. De eso se trata, ¿no? La justicia no es más que un escarmiento para los que andan pensando en hacer chingaderas parecidas. ¿Tú qué dices, Cabezón? ¿A poco no tendrían ya confeso a algún pendejo? Y sin tanta tecnología.

Estalla en una risa que lo ahoga. Pelletier lo observa con disimulado desprecio. He dejado de entender la repugnancia que me despierta. Yo que lo admiraba, que llegué a idolatrarlo. Como siempre, busca mi complicidad. Como siempre, se la concedo.

—Así es —me oigo decir.

Me asquea mi voz. Mi voz que parece la de otro. El canadiense, no sé si por la estupidez que acaba soltar el

Tinín, pretexta algún pendiente, se levanta de la mesa y se retira.

De nuevo solos, continuamos con nuestra solitaria comedia. Los silencios cada vez son más prolongados e incómodos. Martín riega las paredes de la copa con el cognac en un ritual cuyo significado, estoy seguro, desconoce. Yo me dedico a marear el café con la cuchara. Me doy cuenta de que nos fatigan las palabras. En mi caso, por su comprobada inutilidad; en el del señor gobernador, porque nunca ha creído en ellas. Siempre las ha traicionado. Le incomodan, le estorban, únicamente las utiliza para mentir, herir o seducir. Conmigo hace mucho tiempo que no necesita ni la mentira ni la seducción, solamente el sarcasmo.

Abandonamos el restaurante. La noche de Montreal, embalsamada por la nieve, es más silenciosa que nosotros. Detengo un taxi. El Tinín lo aborda primero. Al ir a subir, cambio de idea y decido dar un paseo hasta el hotel. Se lo digo. Arquea las cejas, tensa los labios y me dice que estoy loco. Me encojo de hombros y no le contesto nada. Le indico al taxista el nombre del hotel y cierro la puerta. Martín me ve a través del vidrio como un niño asustado. Comienzo a caminar por la avenida Saint Denis arrebozado en mi abrigo. Me ajusto la bufanda de manera que sólo asome mi nariz. El frío acuchilla mis ojos. Los entrecierro. Las calles están desiertas. Los faros de algún que otro coche proyectan mi sombra sobre los edificios de principios de siglo. Me siento más solo que nunca, menos vivo, menos hombre. Un clochard se cruza en mi camino. Murmura algo, imagino que me pide unas monedas, qué sé yo. Lo mando a la chingada en español. Él lo hace en francés. Sigo con mi paseo. A media cuadra, refugiada en un portal, cada vez que un auto atraviesa la esquina, una puta se abre el largo abrigo de piel como un exhibicionista ante una escuela y enseña piernas, escote y ombligo. Al acercarme descubro que sus caderas y sus tetas están que arden. Su rostro es asimétricamente hermoso. Me quedo viéndola. Enseguida reconozco la sorpresa y el rechazo que provoca mi apariencia. Sé que nada más tengo que enseñar el dinero, doblar la tarifa y vendrá conmigo. La idea, más que ella, me excita. Logramos hacernos entender con mi medio francés y su medio inglés. Se introduce en el portal a sus espaldas, la sigo por un largo pasillo, entramos a un cuarto en penumbra, con una cama, un buró y una silla. En cuanto recibe el dinero comienza a desnudarse. Con un gesto le pido que se detenga. Me saco la verga, le indico que se arrodille y que me la mame. Ella extrae un condón del cajón de la mesilla, sacude mi miembro para ponerlo más firme, lo envuelve en el látex y se lo introduce en la boca. Sabe hacer su trabajo. Succiona con algo parecido a la pasión. La sujeto del cabello y la obligo a acelerar los movimientos. Eyaculo rápidamente. Ni siquiera volteo a verla cuando me abrocho los pantalones. Doy media vuelta y me largo sin decir palabra. El vacío y la soledad regresan en cuanto salgo a la calle. Hubiese preferido matarla.

Diecinueve

Todas las noches lo hacía, o casi todas. Elegía un barrio, una calle y una esquina, y sin importar el frío o el calor, mostraba su miembro a las mujeres que se cruzaban con él. Ni su esposa ni sus hijos podrían entender el gozo que sentía al extraer su pequeñez amoratada para dejarla libre, al viento, y despertar esas miradas despectivas, horrorizadas o sardónicas en el caso de las más jóvenes. Provocar, escandalizar, agredir. Pero la venganza era el verdadero móvil; traicionar su estatus, avergonzar a los de su clase. Monsieur Ricard, con corbata de día, seguro social y una cortesía exquisita. Monsieur le gèrent que almorzaba a diario un sándwich con germinado de trigo y tomate fresco en el restaurante La Baguette con neurótica pulcritud, y llegaba puntual a la oficina. Que no cruzaba palabra con nadie. Que a sus hijos, un varoncito y una niña, besaba en la frente con tanta distancia que aquello parecía más un escupitajo. Que penetraba a su mujer una vez al mes con el mismo empeño con el que acudía al trabajo. El buen Michel Ricard inventaba reuniones y citas de negocios, no para irse de putas o engañar a su esposa con una amante; su doble vida consistía en enseñarles las bolas a las damas que se le ponían a tiro. Su discreción era ejemplar. Mostraba su pene obtuso a tres víctimas, siempre tres, y desaparecía. Ya en su coche, se masturbaba recordando las expresiones de las mujeres. El problema era que eyaculaba mucho antes de que su sexo alcanzara la erección. Y eso le provocaba un terrible sentimiento de tristeza. Camino a casa lo asaltaban los remordimientos y juraba no volver a hacerlo.

Aquella noche había elegido una suburbial calle de los alrededores del metro Pie IX. Hacía ya media hora que paseaba de arriba abajo a lo largo de la acera norte. El frío se volvía intolerable. Para sacudírselo, golpeaba sus costados con los brazos y de vez en cuando daba brinquitos en el mismo lugar. Desierta, la calle nevada parecía una novia en el altar. Nadie la caminaba. Con la bragueta abierta, esperaba a la incauta para sacar su verguita aterida y abrir el abrigo de un golpe. Monsieur Ricard era un clásico.

Decidió al fin retirarse. La noche languidecía sin suerte. En esas ocasiones, solía regresar a su hogar con un sentimiento de frustración y alivio al mismo tiempo. Al dar media vuelta lo vio. El vehículo se detuvo a su altura y descendieron tres sujetos que se identificaron como policías. De pronto, otro auto salió de la nada y trató de cortarle el paso. Dos policías más se bajaron a trompicones. No escuchó la orden, si la dieron, ni por qué pretendían detenerlo. Nada más acertó a correr. Como loco, desaforado, correr y resbalar, trastabillar y caer. Ponerse en pie sobre la marcha y volver a correr con el corazón en la boca. Correr porque si lo atrapaban, su mujer, sus hijos, su jefe, sus vecinos... Sintió el impacto en la espalda. Una quemadura intensa que recorrió su columna hasta llegar al cerebro.

Veinte

Prendo la televisión. En el Discovery Channel pasan un programa de arqueología. Buscan la ciudad de Troya. Tomo una Bud del frigo. Me quito las botas y los calcetines. Me gusta caminar descalzo sobre la madera del piso. Está caliente. La calefacción me abruma. Me despojo del suéter, la camisa y el pantalón. En bóxer y camiseta, me tiro en el sofá. Hago zapping. Pienso en las mujeres asesinadas. Regreso a Troya. Pienso en mi novia, en su perfecto estilo de vida, en su certidumbre sobre las cosas más banales, en la seguridad que le proporcionan los clichés. No pienso en mí. Es inútil hacerlo. Intento enajenarme con el noticiero pero Marine Boyed y Edith Prudhomme no me dejan concentrarme en el parloteo del conductor. Hace días que esta desazón no me suelta ni sus rostros desfigurados por las dentelladas; estoy lleno de preguntas. Vuelvo al desconcierto del zapping. Me atemoriza apagar la tele. Me obligo a apagar la tele. Pongo en el reproductor de cedés un disco de Diana Krall. Trato de relajarme con las cadencias de la voz más poderosa de Canadá. Me entrego a las fluctuaciones del piano. Me asaltan las imágenes de los dos mexicanos que conocí hoy en el Jalisco... Se mezclan con las de los cadáveres. Pienso en la enorme cabeza de uno y en la arrogancia del otro. Julián me ha comentado que en su país son políticos importantes. República bananera, me digo, políticos bananeros. Me intrigan. ¿Qué hacen en Montreal?

Suena el celular. Su imperio me fatiga.

En dos minutos pasan por mí. Mi ayudante grita al auricular que han detectado a un sospechoso merodeando a la altura del metro Pie IX. Puede ser el asesino del perro, vuelve a gritar. Puede ser un imbécil que ronda a su propia sombra, como muchos en esta ciudad. Detesto vestirme a toda prisa, me molesta el caos de la ropa adaptándose a mi cuerpo de cualquier forma. Apenas termino de abrocharme las botas cuando vuelve a sonar el celular. No contesto, sé que me esperan abajo. De dos en dos desciendo por las escaleras, el elevador tiene sus tiempos. En la calle, el frío, siempre el frío perro, el frío desde que tengo memoria, me congela la adrenalina, provocando una especie de colapso momentáneo.

—Vite, vite! —me apura mi compañero.

El otro inspector aguarda sentado en el asiento trasero, adormilado, con un rictus de duermevela. Lo sacaron de la cama. Me subo al asiento del copiloto. El chofer arranca de forma aparatosa, la cola del coche se sacude al patinar en la nieve. Mi compañero sujeta con fuerza el volante y logra que el auto no derrape. Enfilamos rumbo al norte de la ciudad. El conductor hace el gesto de prender la sirena.

—Pas nécessaire —lo persuado.

Se molesta. Subordinarse a un novato que además lo priva del placer de montarse en la impunidad de los códigos y las insignias le amarga el trayecto. Quiere protestar pero al final cierra la boca. Las calles desiertas bajo la luz mortecina de las farolas me tranquilizan. La inutilidad de los actos que seguirán en unos minutos me sume en una especie de apatía. No comparto el optimismo de mis ayudantes. Están convencidos de que en un momento más atraparemos al homicida. Yo sé que toda la ciudad se aferra a esa posibilidad cada vez que se asoma a las portadas de los periódicos, a los noticieros de radio y televisión. La ciudad histérica que está terminando con el mito de su inocencia. Pero algo me dice que el tipo que perseguimos no es el homicida. Me decepcionaría su descuido.

Esta última idea ha cruzado fugazmente por mi cabeza. Me alarma su resonancia, la admiración que implica por el matarife.

Mi ayudante acelera al entrar a la avenida Pie IX, ancha y bastante limpia de nieve. Recorremos la calle los tres ocupantes de la patrulla en alerta, en silencio. Otra unidad cierra la pinza por la avenida paralela hasta desembocar en Pie IX. De pronto, distinguimos a un sujeto a unos cincuenta metros. Camina de arriba abajo, se trata de un hombrecito cubierto por un largo abrigo. No se da cuenta de que nos acercamos. Apenas lo hace cuando nos detenemos a no menos de diez metros. Casi al mismo tiempo, la patrulla de apoyo le cierra el paso.

Y entonces todo ocurre con una simplicidad pasmosa.

El hombrecito abre los ojos desmesuradamente, con todo el terror del mundo contenido en sus pupilas.

Su rostro estalla en un miedo inconcebible. Somos los fantasmas que durante años lo han acosado. Pero la seguridad de su inocencia no es suficiente. No para detener al novato de uniforme planchado que desciende de la patrulla mientras desenfunda su arma. No para ordenar que no le dispare al pobre diablo que trastabilla e intenta correr, huir de él mismo, de los demonios que arrastra en esa fuga de cine mudo, grotesca. Porque en ese dedo ligero que busca condecoraciones, se concentra toda la paranoia de esta ciudad, hasta hace unos días demasiado virgen. Oigo el disparo como si estuviera muy lejos, los gritos de mis compañeros como si fueran un idioma desconocido. Veo caer de bruces al fugitivo como azotaría una caricatura. Y cierro los ojos un momento para quitarme de encima la sensación de absurdo que quiere invadirme, la carcajada fuera de lugar. Un minuto después me encuentro de pie junto al cuerpo tirado en la nieve y el charco rojo multiplicado por su blancura. Sé que no acabamos de matar al homicida del perro, sino a un desgraciado que se encontraba en el lugar incorrecto y a la hora incorrecta. Uno de mis ayudantes le busca la aorta con el índice y el anular. Al cabo de unos segundos logro entender qué está gritando.

—Il est encore vivant, merde!

¡Está vivo, ô putain, ô putain, ô putain!

—Appele une ambulance, espèce de con! ¡Hijo de puta!—remato en español.

El novato borra la sonrisa estúpida que se le había quedado después del disparo y logra solicitar a los paramédicos por el radio. Después regresa a su indolencia, a su satisfacción de deber cumplido. ¿Pero de dónde coño sacan a estos policías? Dejo de saber qué hacer, de pronto, sólo me reconozco en el agotamiento.

Veintiuno

El Cheque Ahumada entró en el Cereso un martes a las tres de la tarde. Hacía frío, frío de desierto. De la lejana sierra, nevada en ese invierno, descendía un cortante viento del norte. Los custodios se arrebujaban en sus chamarras color caqui y escondían las manos en los bolsillos. Sus rifles colgaban de la espalda como si fueran juguetes. El reo caminaba con una calma burlona por el largo pasillo gris que daba a las celdas. En sus ojos había un vacío que amedrentaba a los guardias. Hacía tiempo que no albergaban a un inquilino de tanta alcurnia. Un día antes los habían adoctrinado con una insistencia nunca antes vista. No se trataba de un raterillo, de un vulgar carnicero, de un secuestrador de poca monta, de un sicario de bajo perfil. No de un cholo que tiraba gramos sueltos en el zaguán de su casa. No de un violador de sobrinas o hijas o vecinas adolescentes. No de un amante despechado con dieciséis cuchilladas en el expediente. No, que les quede claro, había subrayado el comandante. Es peligroso y lo respalda uno de los cárteles más poderosos del país. A partir de mañana nadie descansa hasta nueva orden, los quiero a todos aquí, había dicho.

El Cheque caminaba despacio porque así podía registrar cada recoveco, cada ventana, cada puerta con su respectivo guardia que iba atravesando en ese laberinto de cerrojos. Nunca antes había torcido. Al final del pasillo le esperaba la última reja antes de entrar al bloque de celdas. Era la primera vez que caía en el bote. Treinta años pedía el ministerio público, la orden venía de muy arriba, ni por cien mil dólares había capeado el licenciado.

—No esta vez, no puedo —lloriqueó en su oficina aterrorizado.

El Cheque caminaba sin prisa para sostenerle la mirada a cada celador y obligarlo a bajar la vista, en un juego atávico pero efectivo en ese universo de colores primarios. Con los otros presos, en unos minutos más, tendría que jugar el mismo juego. El Cheque caminaba despacio porque en la exageración de su indiferencia se diluía el miedo. Practicaba posturas aprendidas en la infancia, cuando los putazos y los agandalles y los tiros cantados en los callejones. Cuando la primera escuadra fajada en los cojones y el primer examen de hombría, con el tío de maestro: mata a ese cabrón. Y pum, pum, pum, tres plomazos en el pecho de un pobre diablo que andaba queriéndose quedar con la plaza.

Llegaron al final del corredor. Se abría una especie de antesala con una garita en el lado izquierdo. Del lado derecho una puerta de gruesos barrotes daba al patio. Un viejo celador se llegó hasta el candado y abrió la reja. Ezequiel Ahumada se quedó en medio del recodo mientras el anciano echaba el cerrojo de nuevo a sus espaldas. Lo primero que el Cheque se dijo fue que no pensaba quedarse ni un mes en ese lugar. Como si el guardia pudiera asomarse al cerebro de Ahumada con su vista maltrecha y hurgar a sus anchas, le dijo al oído:

—Aquí todo bien, amigo, tranquilo, sin loquear, respetando al prójimo y no habrá problemas.

Lo soltó con tanta calma que al Cheque se le fue resquebrajando la dureza. Parecía un abuelo con su nieto de la mano camino a la escuela. Dos maras semidesnudos, con tatuajes en el pecho y en los brazos, rapados, se hicieron a un lado. El viejo celador tenía un aire de profeta abriendo las aguas de mierda que inundaban las carracas.

Veintidós

Los primeros días pasaron como pasan las mariposas, los patos o las golondrinas: por un cielo ajeno. No salía de la celda más que para tragar la yegua de papas flotando como islas en medio de la grasa. Sus tíos le hicieron llegar un mensaje: paciencia, nos hacemos cargo. Al principio, el permanente olor a orines lo tenía asqueado. Impregnaba las paredes del cuarto (eufemismo de los presos), el pasillo del pabellón, las cobijas, el catre, las noches, las madrugadas y la espera. Porque el Cheque aguardaba algo, no tenía idea de qué, pero esperaba. Mientras tanto, el hedor de los meados se había instalado en su nariz anulando cualquier posibilidad de los sentidos.

En la peni esperar es un ejercicio estúpido. Los demás reos sabían que tarde o temprano Ezequiel saldría de ese estado en el que el tiempo se contradice. Que transaría con la resignación que llegaba con esa frase que los torcidos pronunciaban perentoria: ya qué. Pero el Cheque no aceptaba el fatalismo. Quería torturar, matar, hacer pedazos a los traidores. Arrancarle las entrañas al hijo de puta que lo había vendido. Eso en su mundo no se hacía. Porque todavía existían los códigos, si no, cómo sostener el maná del que todo dios chupaba, del que mamaban presidentes, gobernadores, alcaldes, hombres de negocios y todas sus putas, las oficiales y no. El Cheque, en un rincón de su celda, pensaba en la fuga y en la venganza, huraño pero intocable. Porque a Ezequiel nadie se le acercaba. La consigna había llegado el mismo día en que ingresó al Cereso. Corrió de boca en boca como la muerte o la libre del camarada: ni un pelo. Lo anterior incluía a vigilantes y vigilados. Que una cosa era debilitar a la competencia y muy otra iniciar una guerra.

Los días pasaban porque incluso en el encierro el tiempo no deja su faena. Y cuando se tiene frío y hambre y horas de sobra en qué invertir tanta rabia, la cárcel puede volver loco a cualquiera. Los otros reclusos cada mañana inventaban la normalidad. Asistían a talleres de carpintería, tomaban cursos de superación personal, obtenían su certificado de primaria y se ejercitaban en el patio. Algunos parecían felices. Esa inmensa mole gris les garantizaba un universo seguro. Su condición de parias ahí dentro cobraba sentido. Entraban y salían una vez tras otra. Se desdibujaba la línea. En las noches loqueaban. El foco, la mota y la chiva corrían por los pasillos en una merca interminable. Por lo demás, adentro, la miseria, la muerte y la mierda sólo adquirían el color de los barrotes. Y a todo se acostumbra uno.

El Cheque entendió por fin los peligros de la inercia. Solo necesitó presenciar la muerte por sobredosis del vecino de celda. El tajo en el vientre del chavalo que dormía en la litera de arriba. El amor y el desamor que florecían entre aquellos hombres duros que lloraban en la madrugada, cuando el sol aún no les traía la ilusión de estar vivos y la resignación de que habían nacido para ser carne de prisión.

Ya qué. Lo entendió por fin y se dispuso a combatirlo.

A las dos semanas el dinero empezó a fluir. Sus tíos no lo desamparaban. Enseguida una corte de aduladores —lo mismo custodios que presos— se dio a la tarea de construir el reinado de Ezequiel Ahumada. Los privilegios, los silencios, los culos, los aplausos, las risas, los gritos, los ojos cerrados oportunamente tienen un precio. Comprar los sueños de aquellos sujetos de uniforme y tolete resultaba fácil. Porque sus hijas cumplían quince años, sus madres necesitaban operaciones de urgencia, sus amantes se desangraban en legrados practicados por carniceros clandestinos. Porque el auto último modelo daba clase o la nieta no conocía Disneylandia. El precio era irrisorio para él, habituado a los billetes a lo bestia, sin límites. Al cabo del mes los carceleros comían de su mano y los presos ejercían de corte de los milagros. Ezequiel Ahumada se había convertido en un rey bufo, y lo habría disfrutado si no le hubiera urgido estar libre, arrancarles las entrañas a los traidores y obligarlos a tragárselas.

Finalmente llegó el mensaje. Un custodio prepotente, de los más sádicos, golpeador de mujeres, reos y borrachos de cantina, se le acercó en el patio cuando comía un plato de pozole al sol. Al verlo llegar, los demás internos se alejaron en busca de nada, perrunos, porque le temían como a la sarna. Ezequiel, desganado, en cuclillas, revolvía los granos de maíz que flotaban en el caldo y hundía los pedazos de puerco con la cuchara para verlos resurgir reblandecidos. Cuando lo tuvo a menos de dos metros, se incorporó y se alejó rumbo a la celda. Aquel tipo era el de la tasa más alta entre los celadores.

—Quieto ahí, interno, tengo que hablarle.

El Cheque se detuvo sin voltear, con la cuchara como un potro nervioso entre sus dedos, con esa obsesión por revolver, observando el inmenso muro que se alzaba a lo lejos. El guardia se le pegó demasiado al oído, con su aliento a chile, a cebolla, a salchicha, a dientes sin frotar en días. Y le soltó el plan como si impartiera órdenes. Pasado mañana debía fingirse enfermo. En cuanto lo ingresaran en la enfermería, tendría que poner fuera de combate al doctor y, vestido con sus ropas, lo sacarían por la tortillería. En el estacionamiento lo estaría esperando una célula de los Ahumada para llevárselo de la ciudad. Se trataba de la respuesta de sus tíos al recado que en un billete de veinte dólares había enviado mediante un celador: urge que me saquen de aquí.

Y mientras el custodio exigía a voces a unos cholos que se quitaran el paliacate de la cabeza, el Cheque se entregó a la fiesta de sangre que celebraría en poco tiempo, un tiempo de afuera, no el del enfangado reloj de intramuros.

Veintitrés

Me gusta espiarla desde el lobby. Disfrutar de su negra cabellera, un remolino que desciende sobre su espalda como un desconcierto. Imagino ese torrente impetuoso abrevando de mi almohada. Imagino su cuello menudo, cerbatana de sus senos, relajado sobre mi cama. La pienso desde que la descubrí tras el mostrador de la recepción, paisana por casualidad, que llegó desde niña —me contó ayer— a este frío de los mil demonios. Cruzamos unas pocas palabras en español. Sus padres dejaron México hace quince años siguiendo la ruta del hambre. Yo poco le dije. Escucharla sin el asco en la voz que normalmente provoco en las mujeres me dejó sin habla. Mafer ponía en el gafete que colgaba en el nacimiento de su seno izquierdo. Un seno turgente dirían los antiguos poetas a falta de palabras con que describir los pechos de Mafer, un prodigio del descaro. El adjetivo no le hace justicia a ese abismo de fosa marina. Mafer es una muchacha de ojos de luna que no tiene más de veinticinco años. El uniforme del hotel se ajusta a su cintura minimalista. Pero por qué hablo de su cintura y sus senos si lo que me vuelve loco es ese labio inferior que adelanta sin querer, en un gesto que endurece sus facciones, cuando se concentra en una tarea por más pequeña que sea. Y qué hay de su nariz delineada en una geometría prefecta, fría, un triángulo de perfil. Y las manos diminutas, veloces, algo torpes, como si huyeran de ellas mismas.

Me gusta espiarla desde el lobby y aguantarme las ganas de sobarla cada vez que atropella las esquinas del mostrador con su cadera, que son muchas, porque en el ir y venir atrabancado no calcula las distancias, y deja escapar mentadas de madre en su español de acento claro, a pesar de ser más Canadá que México.

Hace un par de días que me entretengo con este voyerismo un poco de tango, desde que la descubrí recién contratada por la cadena hotelera. Me gusta que lleguen esos clientes coquetos, galancillos que la hacen reír con sus piropos, porque su carcajada brinca desde el pecho para atorarse en la garganta un segundo y liberarse rasposa con una explosión de caballo, de relincho enternecido. Conozco ya sus horarios y procuro inventar excusa para librarme del señor gobernador, cada vez más lastre, y sentarme en uno de los sillones situados frente a la recepción. Abro el libro de Bobbio en la página de siempre y me entrego al juego de cazarla sin que me note, de atraparla en esos gestos tan suyos, ignorantes de su erotismo. Mafer —a leguas se ve que no tiene ni idea— es una ninfa agreste de las sábanas, una república de saliva. Muchacha de azúcar y sal, de piel cobriza, de vello de durazno, fuego indeciso, caderas de vaivén en altamar. ¡Cómo me gusta!

Me siento como un viejo jubilado en el sillón de piel, consciente de que nunca va a pasar nada. Avergonzado cuando me brinda una sonrisa, más profesional que sincera, cuando su mirada (tiene ojos de tormenta que puede estallar en cualquier momento) se cruza con la mía no siempre lista para desviarse a tiempo. El hecho de que la joven me muestre sus dientes de primer mundo —cómo quisiera pasar mi lengua por ellos— suele tener efectos desastrosos. Si me sorprende en mi acecho, suelo tardar varios minutos en volver a levantar la vista de *El futuro de la democracia*, y tengo que hacer un gran esfuerzo para no salir corriendo. Me controlo porque la necesito y me obligo a regresar a este punto azaroso.

—Hola, ¿qué lees?

No sé cómo ha llegado hasta aquí. Me dan ganas de contestarle que no leo, que huelo su humedad de virgen. Qué ganas de no ser yo. De no ser esta cabeza ridícula.

—Un libro sobre política.

—¡Qué aburrido! Deberías leer otra cosa, o no leer.

Ay, dulce voz de viento nuevo. Y yo tan sin palabras, tan sin saber cómo hacerte reír; ay, Cabezón, pero de qué se trata todo esto.

—¿No te gusta leer?

—Una madre. En la escuela ya leo suficientes pendejadas como para leer más en mis ratos libres. Prefiero divertirme de otra forma.

—¿Estudias?

Pero cómo puedo ser tan imbécil. Y es que tener tan cerca esos ojos de aguacero gris me pone frenético.

—Derecho, en la Universidad de Québec.

La coincidencia me vuelve audaz por un momento. A duras penas puedo contener este vértigo, me sudan las manos, estoy temblando.

—¡Qué casualidad! Yo soy abogado, si necesitas ayuda en tus estudios... —no soy capaz de terminar la frase.

Cuántos significados en una sonrisa fugaz, un destello, un navajazo en su rostro. Tendré que descifrarlos mientras se aleja porque el trabajo, las obligaciones, el hijo de la chingada del gerente... lengua suelta la de mi amor... ¿mi amor? ¿Cómo se coló esta palabra? ¿A dónde irá a parar, rebotando en mi pecho, en las paredes, en sus nalgas que se van? Palabra peligrosa. Me entrego a cursis asociaciones, perdonables porque es la primera vez en mi vida que me atrevo a sentir algo parecido, aunque sea en un lobby de hotel. Mafer, ma belle, sont deux mots qui vont très bien ensemble. Hay que joderse, los Beatles a estas alturas. Una sonrisa en el rostro de una muchacha como aquella es un enigma, pero también un regalo inesperado. Saben latín cuando se trata del arte del flirteo, uno es pene y genitales y no hay sutilezas. Testosterona analfabeta. Aprender a descifrar una sonrisa cuando lo que quiere uno es morirse, mínimo vegetar en el limbo del destierro, tiene su gracia.

Decido regresar a la habitación. El señor gobernador ve la tele tirado en su cama, que se ha convertido en un territorio demasiado solo. A duras penas me saluda. Está aburrido de él mismo, de mí, de la nieve, del frío, de la espera, del gorgojeo francés. Me arrojo en el sillón, cansado de no hacer nada. Ya va a ser hora de cenar.

—¿Vamos al Jalisco...? —le pregunto.

Se trata de seguir alimentando ciertos rituales para no soltar del todo las amarras y terminar flotando a la deriva.

—Mejor cenamos en la habitación, no tengo ganas de salir.

Otra vez la noche, otra vez detrás de los ventanales. Afuera los copos blancos y silenciosos. Adentro nuestras jetas malhumoradas. La televisión hablando de asesinatos. *L'assassin du chien*, alcanzo a captar. Marco a la recepción, contesta Mafer, que empieza a ser una esperanza; no quiero que lo sea. Su voz de primavera, carajo. El señor gobernador quiere una omelette aux champignons con un tinto californiano, no importa la marca. Yo pido un club sándwich y una coca de dieta, ¡qué decadencia! Me meto a bañar. El agua caliente no me arranca este frío del demonio. Me quedo bajo el chorro durante mucho tiempo. Por fin, cierro la llave, me seco con una toalla y me pongo una bata de baño. Me dirijo a la salita de la suite. La cena está servida. Martín vierte el vino en una copa de Sears. Qué jodidos los grandes hoteles. Me siento a la mesa, se sienta a la mesa. Comemos.

—No está mal la omelette —dice.

—El sándwich también está rico. ¿Y el vino?

—Se deja tomar.

—¿Y el puro?

—Tira bien.

Puta madre, qué carencia de palabras.

—Pronto me vas a dejar, ¿verdad?

Pero si soy el paladín de tu mierda, compañero. No se lo digo, aunque se lo merece. Todavía guardo cierto decoroso servilismo.

—¿Dejarte? No entiendo.

Me he vuelto un cínico mentiroso. Me doy cuenta de la angustia, del resquebrajamiento, del pavor del Tinín. Pobre tipo, tan acostumbrado a las bondades del arribismo y de su rostro seductor. Bienvenido al infierno, al verdadero exilio, sin afectos ni caricias ni cuerpos en la cama.

—No te hagas, Salvatierra, sabes a lo que me refiero.

Me ha llamado por mi apellido. ¿Y dónde quedó el Cabezón? ¿A dónde se fueron todos los apodos e insultos? Verás, hijo de la gran y castrante puta que te parió, me voy a largar en cuanto te metan cuchillo en la cara y no quiero volver a saber de ti.

—Pues no, Martín, no pienso irme a ningún lado. Entre otras cosas, porque no tengo a dónde; además, ya no podría estar sin ti, somos como un viejo matrimonio. Y eso, mi querido amigo, después de todos estos años, cuenta.

Se le han empañado los ojos al pobre payaso. Miserable idiota, sigue sin entender nada. Fuma abrumado por mis palabras, agradecido por tanta fidelidad. Si supieras que no me queda ni un gramo de pasión ni de lástima ni de necesidad de ti. Atestiguar tu caída, señor gobernador, el estrépito de tu derrota, Tinincito, es lo único que me resta. Lo demás no se trata más que de respirar y esperar la muerte por hipotermia en este jodido país.

Veinticuatro

Hoy tengo un día de esos en que mandaría todo a hacer puñetas, como suele decir Aránzazu, mi madre. Hoy tengo un día de esos plomizos, facultosos, de mierda (otra vez Aránzazu). Se me están juntando el asco, la náusea, la impotencia y la rabia, y no hay manual en el mundo que pueda decirme cómo manejar este caos. Qué distanciamiento profesional, frialdad ni qué ocho cuartos. Un tercer cadáver a mis pies. Una mujer de cuarenta y siete años, Denisse Petit, socia también de la biblioteca, como Marine Boyed, como Edith Prudhomme. En su bolso, un ejemplar de *La reina de los condenados*, de Anne Rice; además de cremas, plumas, agenda, celular, lentes, un rosario, un estuche de maquillaje, una cartera, una foto de una niña —¿nieta, sobrina, hija?—, un diario, una diadema, un cedé de Charles Aznavour, una carta sin abrir, el recibo del teléfono, unas llaves. Humedecido todo por la nieve, helado todo por el desquiciado frío de este diciembre que apenas empieza. La encontraron unos esquiadores de fondo en la cima del Mont-Royal. El rostro hecho pedazos por ese perro insaciable (ya concluyeron los peritos que se trata nada más de uno, el mismo). La piel de los brazos hecha jirones y los huesos astillados. Los muslos desgarrados. La vagina, una dentellada en carne viva donde se pueden contar los molares y los colmillos. Los pechos cercenados. Y en la mano izquierda, qué detalle, una cartulina con la continuación del mensaje escrito con semen pigmentado de rojo.

> No os pongáis ante sus ojos, no os acerquéis a ella. Guardaos de su bronca índole, de su natural abominable en su indómito furor.

Desde que abren hasta que cierran tengo apostados en la entrada de la biblioteca a un par de agentes que vigilan el ir y venir de los usuarios, con la orden de seguir a cualquier sujeto que levante sospechas. Pero es que en Montreal, se quejan mis colegas, se dan lunáticos y solitarios a puños, así que no han dejado de perseguir a comemierdas adictos a la masturbación, a la necrofilia y al voyerismo.

Y los medios de comunicación haciendo su agosto con el pobre diablo del exhibicionista, en coma profunda, que no se despierta el desgraciado, conectado a una máquina, mientras la Municipalité cubre los gastos del hospital, judío, el más caro de la Ville. Y yo queriendo aún matar al hijo de puta del novato que tiró del gatillo. Nada más me faltaba en la lista el tercer homicidio. El alba se presenta turbio, fantasmal, y más en este cerro de mi niñez en patines mancillado por un cadáver.

Ahí vienen los vampiros de la prensa. Que les den por el culo. Yo me largo. Arranca, putain, arranca. No creas que tu flashazo va a detenerme, quítate que te arrollo, paparazzo de mierda. Que te aplasto, joder, quítate, imbécil. Otra vez no hay testigos, nadie vio nada. Cómo, si salvo la primera mujer, las otras dos aparecieron en lugares inhóspitos, sin huellas ni descuidos. El médico forense ha concluido que el perro las destroza vivas. Trato de imaginarme el horror que han de sentir las víctimas cuando el animal se les viene encima, a dentelladas, entre gruñidos, babeante; qué locura escuchar el estallido de tu propia tibia astillándose entre las quijadas del perro. ¿Las mantiene totalmente conscientes o se las entrega semidespiertas? El impulso responde a una ofrenda, a la lógica del rito, pero de qué clase. ¿A quién está matando el homicida cada vez que asesina? ¿De quién se venga? Creo que está haciendo una especie de justicia, se trata de un acto premeditado en que se ejecuta una sentencia. ¿A quién halló culpable y de qué? Al menos ya estoy pensando como policía. ¿A su madre? El perfil psicológico señala un pasado de maltratos, de abusos, de falta de amor. ¡Qué novedad! En los mensajes le habla a una mujer iracunda, cruel, implacable. Una de esas hembras que pisotean los testículos de los hombres sin perder la sonrisa. Vamos, una viuda negra. ¿Estás seguro? Es culto, ilustrado, ronda la biblioteca, lector empedernido... ¡Coño, los escritos que deja en cada cadáver no son de su autoría! Necesito un experto en literatura.

Pasaré por el hospital a ver si ya ha despertado el exhibicionista. Qué mala suerte, andar enseñando el pito cuando toda la ciudad vive muerta de miedo y su departamento de policía está tan susceptible. Nieva otra vez, diciembre se asoma cargado de nubes. Montreal se lava la cara en esta persistencia blanca. Pobrecita mi ciudad, era tan feliz con su inocencia de novia virgen. Y mira que vienen a desflorarla con lujo de saña. Ya tenemos skin heads, barrios negros y un asesino en serie. Tan feliz que pasaba el tiempo sin heridas ni cicatrices, con el cuento de la sociedad multiétnica y la sutil dominación blanca. God save the queen, rezan nuestros dólares. God shave the queen, cantaban los Pistols. Qué niña malcriada con su dominio británico, la única independencia del nuevo mundo que no se logró a sangre y fuego. La crispación de los habitantes de Montreal obedece a este desvirgamiento de la credulidad. Por eso la verborrea racista en algunos periódicos, adelantando vísperas al sugerir que al homicida deberíamos buscarlo entre los importés. Hay que joderse.

Llego al hospital, en la recepción me doy de bruces con la familia del exhibicionista. ¿Ésos son sus hijos? ¿A quién se le ocurrió traerlos? A la esposa ya la había visto antes. Tiene una manera tristísima de asomarse por los ojos azules, casi albinos. Ratón rubio, boca de roedor y una sufrida resignación. Pero a mí no me engaña. No es a causa de que su marido se debate entre la vida y la muerte, conectado a un respirador artificial. Existía mucho antes. Son demasiadas noches de hielo, de asco en la piel, de incertidumbre. En medio de la recepción del hospital, esa mujer menuda, ensartada a la vida por un alfiler, me mira como un zombi. Hubiera preferido el coraje, la rabia, los gritos, y no el vacío azul de sus ojos de muerta. Los niños cuelgan de sus manos como dos espantajos. Al cruzarme con ellos trato de sonreír, pero hago una mueca espantosa. Ella aparta la mirada hacia un ventanal. Todavía nieva. El policía en la puerta de la habitación me informa de que nada ha cambiado. El médico de turno, al salir del cuarto, me comenta que el paciente probablemente quede paralítico. Su voz quiere ser profesional, pero no puede ocultar un deje de reproche y desprecio.

Veinticinco

—Come, joder, come algo, maitia.

Aránzazu insiste parada a mi lado, apremiándome con su cola de caballo, su nariz espada y su gesto de mala leche. De pie, a mi izquierda, en la mesa más apartada del Jalisco... insiste que me lleve algo al estómago. Me ha preparado un kalimocho con un Beaujolais y coca de dieta. Julián, al ver cómo desperdicio un buen vino, ha puesto el grito en el cielo y ha desaparecido en la cocina. Pronto comenzarán a llegar los clientes de la cena. Quiero concentrarme en los mensajes del homicida. Para librarme de mi madre, le he aceptado una tortilla de patatas con chiles jalapeños. Sincretismo culinario.

Extiendo sobre la mesa los textos.

1.- A ti, mujer tétrica; a ti esposa, enloquecida, a ti te hablo.

2.- Yo temo que en el fondo trames algo terrible. Una mujer que rápido se exacerba es más fácil de esquivar que aquella taimada que guarda silencio.

3.- No os pongáis ante sus ojos, no os acerquéis a ella. Guardaos de su bronca índole, de su natural abominable, en su indómito furor.

Un llamado, un vocativo rotundo en el primero. Una advertencia, un presagio, un desafío, la premisa desencadenante. Mesiánico el tipo. Urbi et orbi. No le basta el psicoanálisis o un talk show, como a otros. Una catarsis de sangre y semen. ¿Sabrá la mujer a la que le habla que los asesinatos son en su honor? Porque no creo que ninguna de las víctimas se trate de la esposa enloquecida, la tétrica dama a la que hace referencia nuestro carnicero. El monólogo de este bastardo se dirige a un público con nombre y apellido, sentado en primera fila, espectador a la fuerza. En el segundo mensaje, el tono se vuelve explicativo, incluyente; nos proporciona un rasgo de esa mujer-espectadora con el que pretende justificar sus actos, establecer una ética como coartada. El manual dice —¡me cago en el manual!— que los sociópatas, en su mundo distorsionado, desarrollan una especie de código en donde sus actos se vuelven virtuosos. Así que, quien quiera que sea el asesino del perro, con los homicidios se redime. Y de qué me sirve tanta teoría si en cualquier momento suena el celular de nuevo para avisarme que han encontrado a otra mujer convertida en comida para perros. Otro cabo suelto: el insaciable animal. Lo bueno es que a ése le podremos meter un tiro en la cabeza sin juicio de por medio. Aunque se trata del menos culpable.

En el tercer mensaje el homicida nos previene. Cuidado con esta mujer que al montar en cólera no conoce madre. La señala, la condena y busca nuestra complicidad. Así ha de tener la conciencia. ¿Habrá fans del asesino entre los morbosos lectores que día con día siguen los pormenores del caso en la prensa? Pourquoi pas? Ha de tener su corte de admiradores incapaces de cruzar la línea en esta ciudad de mujeres que aprendieron rápido a prescindir de los hombres.

¿Pero qué estoy diciendo?

Aránzazu arroja el plato sobre la mesa. La tortilla de patatas está demasiado seca, quemada en los bordes. Detesto que el huevo se haga costra y ennegrezca, pero no digo nada; mi madre anda de un humor menstrual. Pasa siempre que se mete en la cocina cuando Julián trajina en ese mundo tan suyo. El inmenso mexicano no entiende aún que Aránzazu jamás aprenderá a cocinar. El gigantón suele tratar, con esa ternura tan suya, de explicarle los secretos del fuego y el aceite, pero sólo logra enfurecer a mi madre, de suyo explosiva, a veces inaguantable. Por eso mejor me callo y ni siquiera le pido un tenedor. Me levanto y voy a buscarlo. Alcanzo a oír el murmullo de su rosario.

—Joder con el mejicano este de los cojones, hay que joderse con tanta explicación. Que baja la lumbre, que más aceite, que espera un poco antes de agregar el chile. Digo yo, si es una puta tortilla de patatas, joder.

De golpe la encuentro más vieja, anciana, gastada; empequeñecida por los años, de pies arrastrados y mirada acuosa. Desaparece en la oficina-almacén sin dejar los improperios, Aránzazu.

La tortilla no hay quién se la trague. Consumida la baba del huevo por la llama demasiado alta, parece un cadáver carbonizado. La engullo casi sin masticar para evitar el sabor a madera quemada.

En eso entra al restaurante uno de los mexicanos que conocí el otro día. El de la cabeza enorme y el cuerpo enclenque. El cráneo de este tipo es bastante curioso. Los rasgos de su cara son bellos, armónicos, pero a la altura de la frente, su cabeza se curva en una especie de gran hongo que la media melena que lleva no alcanza a disimular. Me ve, sonríe y camina hacia mí con su figura grotesca y su mirada de arrepentimiento. Tiene los ojos de un criminal, la sonrisa de un cínico y la voz de una soprano.

—¿Cómo está? ¡Qué gusto verlo! —me dice mientras nos estrechamos la mano. La suya es fina, débil, flácida—. ¿Cómo va la investigación?

Me incomoda que se siente a mi mesa sin que lo haya invitado.

—No muy bien. ¿Y su amigo?

—¿El señor gobernador? No quiso venir, se quedó en el hotel.

—¿Pero todavía es gobernador?

—No, no, para nada. Así le digo un poco por chingar... ¿sí entiende la palabra chingar?

—Más o menos. Julián me la ha explicado. Pour emmerder, por joder la marrana, que diría Aránzazu.

—¿Quién?

—Mi madre.

—Ah, sí, claro —me sonríe—. Se me hace que lo estoy interrumpiendo, mejor lo dejo tranquilo. Gusto en saludarlo.

—No, no, siéntese por favor.

No sé por qué lo retengo. Me mira desconcertado, indeciso. Insisto. Se sienta de nuevo. Le propongo tomar algo. Me pregunta por mi trago.

—Kalimocho —le digo—, coca cola con vino, una bebida del País Vasco, mi madre es de allí.

—Parece una gran mujer su madre —lisonjea con su desagradable voz, con esa cortesía sudamericana que a Aránzazu y a mí nos desagrada. Julián a veces la practica con los clientes bajo la mirada censora de mi madre—. No tomo alcohol, mejor un agua de Jamaica.

Llamo a Lupe, el chiapaneco enano, bruñido, ladino. Le pido la bebida. Nos quedamos en silencio. Observa discretamente mi libreta de apuntes.

—¿Piensan quedarse mucho tiempo en Montreal?

Me doy cuenta de que le incomoda la pregunta. Baja la vista, cambia la servilleta de lugar, aprovecha la cercanía de Lupe para ganar tiempo. Éste deja el vaso en la mesa y se retira con su paso cansino.

—Estamos estudiando la posibilidad de quedarnos a vivir aquí por un tiempo.

Políticos mexicanos en fuga, qué novedad. Pienso en Julián, en mi tierno y enorme dios azteca. En su bondad, en su paciencia, en su amor por las ollas, las salsas y los olores de la cocina. No deja de ser irónico; este adefesio y su amigo eligieron este país que nunca pregunta, como Julián. Los primeros escapando de alguna marranada que habrán hecho allí, no tengo duda; mi padrastro, de la miseria que le tocó en suerte. ¿Y mi madre? ¿Cómo vino ella a formar parte de este mosaico sin forma, de esta patria tan pobre de historia que su emblema es una hoja de arce?

—¿Entonces no ha habido suerte con el asesino, ni una pista? —insiste.

—Nada de nada, ni una pista.

Tampoco sé por qué le estoy confesando mi fracaso. Tal vez porque adivino que este hombrecito deformado, decadente, sinuoso, puede entender mejor que nadie mi frustración. De repente, en un impulso desesperado, así como un náufrago en altamar, comienzo a traducir al español el tercer mensaje del homicida. Con dificultad busco las palabras equivalentes. Mi castellano es doméstico, de andar por casa. Por fin logro transmitirle una idea vaga del texto.

—¿Qué le parece?

—No me haga mucho caso, pero a mí eso me suena a literatura clásica. Podría ser de la tragedia griega. Teníamos un maestro de literatura universal en la prepa que nos obligaba a leer ese tipo de obras. Me gustaba, y la verdad, no tenía una gran vida social. Además, tengo una memoria privilegiada —y se señala la cabeza.

Me da coraje no haberlo pensado. Hemos guardado el secreto de los mensajes por esa norma policiaca de que cuanto menos sepa la gente mejor, y para evitar darle más publicidad al asesino, que a fin de cuentas, eso busca, un público. Pero coño, no es mala idea. Levanto el vaso en dirección del mexicano.

—Por la brillante aportación —digo sin poder reprimir cierto sarcasmo, cierta envidia.

Sonríe.

Veintiséis

La cabeza del licenciado García Diego estalló como una piñata. Ezequiel Ahumada experimentó un gozo indecible. Amordazado en esa silla en medio de la sala de un rancho en la sierra, el delegado de la PGR tembló como un flan y la grasa de su abdomen, de sus tetas de mujer, de sus brazos aporcinados no dejó de convulsionarse mientras duró aquello. Aquello que fue un suspiro para el Cheque. Que pasó demasiado rápido porque el gordo García Diego soltó la sopa a la tercera cachetada. Cuando Ezequiel apagó el cigarrillo en los huevos enterrados bajo el pliegue del estómago, el licenciado dio pelos y señales del paradero del Tinín y el Cabezón. El funcionario sabía que estaba condenado a muerte, pero igual hablaba para detener el dolor, para que al menos todo terminara pronto.

La cabeza del licenciado García Diego no soportó más que un tiro en la frente. El proyectil se abrió camino por el cráneo dejando un boquete en la parte de atrás, por donde salieron disparados sangre y sesos. Estampados en la pared, dibujaron un raro paisaje. Se le erizó el cabello rapado y los ojos se abrieron como si, a pesar de la espera de la muerte, ésta lo sorprendiera con su prontitud. El impacto de la bala hizo que cayera de espaldas con todo y silla. La grasa se desparramó entre las sogas que lo ataban. El Cheque no veía más que a un cerdo tirado en su grotesca postura, algo sexual, de visita al ginecólogo. Le molestaba esa sensación de placer interrumpido, de coito a medias. ¡Tan rápido!

Por lo demás, tenía la información necesaria. Lo consolaba la promesa del hartazgo que se avecinaba. Y como en la cópula, imaginar las posibilidades, adelantar las vejaciones era una manera de prolongar lo que hacía unos momentos lo había hecho sentir vivo.

Un mes nada más había permanecido en prisión. La fuga había resultado perfecta. Los dólares engrasaron las cerraduras que se fueron abriendo a su paso hasta quedar libre. No hubo romanticismo en su huida. Disfrazado con la ropa del doctor de la enfermería del Cereso, había atravesado pasillos y rejas hasta llegar al estacionamiento y desaparecer en un convoy insultante por su descaro.

¿Qué seguía? Montreal. Los nudillos le punzaban. Qué asco de tipo, pensó mientras observaba a García Diego. Esperaba que sus antiguos amigos le duraran un poco más.

Veintisiete

Una voz anónima como una navaja lenta cortando el escroto. Una voz impersonal que pronuncia una sola frase en la madrugada blanca. Se fugó el Cheque, va por ustedes. Y el intermitente pitido del teléfono. Soy una comadreja con un auricular en la mano. Un animal acorralado, cobarde.

25 de diciembre. Una habitación de hotel en una ciudad sin memoria. No deja de nevar mientras amanece en silencio. Desde la ventana de la suite el sol se adivina por la costumbre. Nubarrones cargados de nieve se ciernen sobre Montreal. A lo lejos, el río inmóvil. L'île Sainte Hélène es un esbozo de un dibujante ebrio. La cortina de copos nubla la mirada. Pienso que el miedo tampoco me deja ver. ¿Cómo pudo fugarse, cómo supo dónde encontrarnos? Sabes muy bien cómo. Quién resiste un cañonazo de cincuenta mil pesos y toda esa basura que, descubro, me tiene harto. De alguna manera, los tres hemos logrado sobornar a nuestros fantasmas para escapar todo el tiempo. Pero esta fuga constante hacia delante comienza a asquearme.

—¿Quién era? —pregunta el señor gobernador. Su voz suena como la de un borracho, como la de un anciano. Se ha incorporado a medias en la inmensa cama, parece un náufrago entre almohadas, cobijas y holanes.

—Número equivocado —miento.

—Pues qué pendejos.

—Sí.

—¿Ya no vas a dormir?

Me repugna su pregunta de esposa vieja. ¿Qué le importa?

—Sí.

—Bueno, pues.

—Tú también duerme.

Le he mentido para no preocuparlo. No es cierto. Le he mentido para protegerlo de su cobardía. Tampoco. Le he mentido para salvarme. Para seguir corriendo. Para que la dignidad se convierta en su último testimonio y yo, el Cabezón, el hazmerreír, haga de la vileza mi última gran aportación a esta historia en pijama. Vuelve a dormir el gran Tinín, el único amigo que he tenido en mi vida. Dentro de unos días su rostro será una máscara. ¡Qué gran fraude el nuestro! Nuestras proezas, desde el pequeño poblado de pescadores hasta la suite donde agonizamos, no son más que una prueba de la imbecilidad del mundo. ¿Cómo llegó tan lejos este par de estafadores? ¿Cómo subí a la cima, yo, el monstruo, el condenado a esconder su cabeza en los rincones de un pueblo inexistente?

Por eso me he callado la boca. Cuando dentro de tres días salga de la cirugía plástica, Martín Torrevieja podrá caminar triunfante por las calles de esta ciudad de ancianos y conquistarla. Pero esta vez será sin mí. Me haré a un lado. Seguiré huyendo de mi propia vergüenza, de mi cinismo, de la gran mentira que soy. Me esconderé en los rincones más execrables, en los basureros, en los brazos de las prostitutas.

Y el Tinín juzgará al mundo una vez más desde su hermosa arrogancia sin saber que es un cadáver, que una sentencia de muerte lo sigue como una sombra. Y la ignorancia de que una bala lo espera en cualquier bocacalle hará de él, como al principio, el temerario tipo que convirtió su hermosura en un cheque al portador.

Veintiocho

Los desgraciados lo sacaron en la portada. La esposa mira al objetivo con su cara de ratón asustado, mientras empuja la silla de ruedas con el pobre imbécil de su marido que trata de ocultar su rostro con una mano. Cómo no hacerlo. Ya se les olvidó a todos que está atado a esa silla para toda su jodida existencia porque lo confundimos con el asesino del perro al andar enseñando la polla en las esquinas. Él no lo olvida, su expresión me lo dice. Yo tampoco. Pero la foto no hace más que hundirme en el lodo. Hay que reconocer que de sensacionalismo saben latín estos hijos de puta. Además de victimizar a este pervertido y de subrayar que la gracia les costará a los contribuyentes cientos de miles de dólares, de paso, recuerdan a los lectores que no hay avances en la investigación, que mi inexperiencia es un obstáculo para un caso tan complejo y que va para dos meses el asunto y ni una pista. Ayer, durante la comida navideña con Aránzazu y el buen Julián, parecía que estábamos en el funeral de Papá Noel. Dale esa mierda de caso a otro de una vez, comentó mi madre en el postre. Hace dos días, un indignado ciudadano propuso en un programa de radio que le partieran las piernas al policía que disparó para que sintiera en carne propia la ruina del exhibicionista. Mientras tanto, siguen prendidos todos los focos rojos, la ciudad celebra la navidad muerta de miedo y en cualquier momento vuelve a actuar el homicida. Tres cadáveres en la morgue y el único indicio es la posibilidad de que los mensajes del asesino pertenezcan a un autor clásico, como me sugirió el mexicano de la enorme cabeza que frecuenta el Jalisco...

He sacado de sus vacaciones de navidad a los rectores de todas las universidades de Québec para que pongan a trabajar a los departamentos de literatura. Digo, que sirva de algo tanto presupuesto. Y espero. Hace dos días que espero. Con el correo electrónico abierto, aferrado a una remota posibilidad y la certeza de que el bastardo volverá a atacar antes de que termine el año. Contemplo de nuevo la portada del *Journal de Montreal.* El inspector en jefe vino en persona a restregármela en el morro. Como si a los periodistas les hubiera importado alguna vez la seguridad pública y los ciudadanos. Buitres en busca de la noticia más escandalosa, del encabezado más sangriento. Sí tienen algo de razón en eso de que estamos dando tumbos, sin pistas ni líneas claras de investigación, a la espera de un golpe de suerte. Como el mail de la Universidad de Québec que parpadea en la pantalla. Demoro el dedo en el ratón antes de abrirlo. La flecha descansa en el asunto: informe sobre textos enviados por el departamento de policía. Me detengo por un instante porque de no confirmar la procedencia literaria de los mensajes del homicida, me quedaré sin nada de nuevo. Tal vez deba hacerle caso a Aránzazu. Clic.

A medida que ojeo el informe, la adrenalina fluye por mi cuerpo y llega al cerebro: nicotina, por el amor de Dios, y café, pido a gritos. Convoco a mis ayudantes al cubículo a la voz de ya. Tenemos algo, una minucia, el pretexto para continuar con esta jodida investigación.

Confirmado: los textos pertenecen a la tragedia griega *Medea,* de Eurípides. La protagonista es una mujer que para vengarse de Jasón, su esposo, mata a los hijos. El informe indica los actos y escenas en donde encontrar las citas del asesino. En la biografía del autor, su muerte me confirma que por fin hemos encontrado un camino. Según la leyenda, Eurípides murió despedazado por una jauría de perros. Es insistente el análisis de los expertos en cuanto a la personalidad desquiciada de este autor y a la compleja psicología de sus personajes femeninos, a diferencia de los otros dos poetas trágicos: Esquilo y Sófocles.

Bien, ya tenemos algo. Tal vez demasiado complejo para ese par de viejos policías acostumbrados a patrullar las calles e interrogar a sospechosos con técnicas cuestionables. Les explico lo básico, sin mucho tecnicismo. Los envío a la biblioteca del Plateau Mont-Royal para que elaboren una lista de socios que hayan pedido en préstamo textos relacionados con Eurípides, *Medea* o la tragedia griega. Sólo del sexo masculino.

En alguna parte de este asunto literario debe estar la clave para adivinar el siguiente movimiento del sujeto.

Releo las citas que el homicida extrajo de la tragedia. El informe indica que pertenecen a parlamentos de Creonte, padre de Jasón. Todas se tratan de juicios sobre Medea. El asesino, en su psicosis, se apropia de las sentencias y las aplica a una mujer. Casi seguro de que está viva. Una madre, una novia, una esposa probablemente. La diferencia con otros casos de violencia de género es que el agresor no actúa directamente contra quien considera responsable de su desgracia. Pienso en mi novia. ¿Cuánto podría odiarla? ¿Llegaría a matarla? Me detengo antes de hallar una respuesta. Sé que detrás de la insoportable civilidad canadiense y sus leyes de equidad, hay un batallón de hombres con un bat de beisbol en las manos. Como aquel pobre diablo que, en la barra del Kilomètre Zero, murmuraba al contemplar las evoluciones de la bellísima cantinera: Y luego se preguntan por qué las matan. Este sádico hijo de puta asesina para apaciguar una ira que le rompe las entrañas. Me imagino que es un empleado de banco, un burócrata, el dependiente de una tienda. Un tipo que ni siquiera tiene el valor de esconder su fragilidad tras un machismo fanfarrón.

Necesito más café. Siempre necesito más café. Du café, s'il vous plaît. Debo concentrarme en el método de selección de la víctima. Adivinar el siguiente movimiento. En la obra de Eurípides se encuentra la respuesta. Leo el informe por tercera ocasión. El perfil de personajes que elaboraron los expertos del departamento de literatura de la UQUAM me indica que este Jasón era un pájaro de cuenta, un cabrón bien hecho. Pero nuestro loco lo admira y lo venga en cada mujer asesinada. Medea, me gusta el nombre. Podría llamar Medea a mi hija que no tendré con mi novia... no te distraigas. Buscas un indicio del siguiente movimiento, en este momento no hay nada más para ti.

¿Quiénes eran las víctimas? Divorciadas o solteras. Prescindieron de los hombres. Entre cuarenta y cinco y cincuenta y cinco años. Socias de la biblioteca. ¿Las eligió al azar? No, nadie con una psicosis como la de este homicida deja nada a la suerte. Marine Boyed, Edith Prudhomme, Denise Petit. Boyed, Prudhomme, Petit. Todas ellas son Medea, todas ellas quieren vengarse de los hombres envenenando a sus hijos. Todas son Medea, todas, me repito. Y el asesino es Jasón, es Creonte. Un momento, todas son Medea.

Escribo en mi libreta:

Marine Boyed.
Edith Prudhomme.
Denise Petit.

¡No puede ser! Es demasiado simple. Pero no pierdo nada con seguir esta suposición porque no tengo nada más. Y toda esa cuestión de la corazonada que tanto reprueba el manual, a fin de cuentas puede funcionar.

Me comunico de inmediato con mis ayudantes. Les ordeno que hagan una relación de socias de la biblioteca en el rango de edad de las mujeres asesinadas cuyo nombre empiece con E. Cuando la tengan, quiero una patrulla en sus domicilios las 24 horas del día. ¿Y si me equivoco? De todas formas, la guillotina ya pende sobre mi cuello.

—J'y vais tout de suite —les digo.

Veintinueve

Cuatro años atrás, el doctor Arnulfo Brunelli descubrió que sus manos poseían el poder de la ilusión. Desde entonces había explotado esa habilidad hasta convertirse en un hombre rico. Nunca conoció a su padre, sí a su padrastro, un araucano de abolengo que fue aprehendido por los militares a los dos meses del golpe de Estado. Para su fortuna, fue a dar a la misma celda que un grupo de profesores e investigadores de la Universidad Católica cuyo renombre obligó a Pinochet a exiliarlos, a cambio de que la comunidad internacional lo dejara en paz con su carnicería.

El padrastro del doctor Brunelli llegó a Montreal en 1973. Allí conoció a la también recién llegada Sandra Brunelli, enfermera bonaerense de un primer marido alcohólico y mitómano, y a su pequeño hijo de siete años. No se casaron porque no creían en el matrimonio. El nuevo padre del doctor Brunelli no soportó trabajar en fábricas y restaurantes mucho tiempo; intentó un par de negocios que fracasaron y en 1989, cuando cayó la dictadura, descubrió que la saudade lo estaba matando. Abandonó a Sandra y a Arnulfo, y regresó a Chile. La enfermera Brunelli, que trabaja en una clínica griega del norte de Montreal, continuó viviendo junto a su hijo en el país del maple. El joven Arnulfo pasaba muchas horas en el trabajo de su madre. De ahí la vocación. Después, sus profesores le dijeron que tenía unas manos prodigiosas. El Mozart de la cirugía. En ese tiempo de estudiante descubrió que había perdido los escrúpulos en alguna parte del camino entre Argentina y Canadá. Y se convirtió en un cirujano plástico que no hacía muchas preguntas siempre y cuando el dinero ingresara puntual en una cuenta bancaria de Belice.

Ese día, por cierto, había despertado con ganas de largarse al Caribe. A sus treinta y un años, no había parado de remover grasa, inyectar bótox, aumentar glúteos, senos, penes, pero sobre todo, transformar rostros. Durante cuatro años no se había permitido un respiro. Ahora, su clínica en Longueuil recibía más clientes de los que una recepcionista, una enfermera, un anestesiólogo y su bisturí podían atender. Pero ni hablar de aumentar el equipo. La enfermera, colombiana, carecía de la licencia para ejercer en Canadá, al igual que el médico anestesista, un haitiano tan negro como el ébano. Por lo mismo, no hacían muchas preguntas.

Ese día, Brunelli, al estacionar su Mercedes Benz en el cajón exclusivo rubricado con su nombre, pensó que una buena manera de recibir le jour de l'an sería con un daiquirí en la mano y una mulata en la otra en Varadero. Su madre le había llamado temprano para recordarle que era el día de los santos inocentes. La enfermera Brunelli, de los altares del marxismo, había brincado a los de la basílica de Saint Joseph sin perder la vehemencia doctrinal. El cirujano decidió que ese 28 de diciembre, después de venderle un nuevo rostro a un político mexicano, colgaría el letrero de fermé en la entrada y se iría en busca de exóticas playas.

Descendió del auto, accionó la alarma, contempló satisfecho la sobria armonía del diseño alemán, cruzó el estacionamiento, silbó una canción sin saber muy bien de dónde había salido, entró en la clínica, caminó por el pasillo hacia su despacho, llamó a gritos a la enfermera, entró en su oficina y se encontró con el cañón de una pistola frente a sus ojos.

Treinta

A Ezequiel Ahumada se le antojó violar a la enfermera. La colombiana, sin ser una belleza, despertó las hormonas adormecidas después de muchos meses sin hembra. Con la pistola hundida en la mejilla izquierda de la mujer, había logrado desabotonar su blusa verde y manosear bruscamente unos senos duros y masculinos. El anestesista negro, amordazado, se agitaba como un gusano y veía incrédulo cómo ese sujeto armado acostaba a la enfermera sobre el escritorio del doctor Brunelli e intentaba arrancarle la ropa. Los gruñidos del hombre negro atado de pies y manos a la pata de un librero empotrado en la pared excitaban más a Ezequiel que el cuerpo marchito de la enfermera. Entonces oyó que se aproximaba alguien y tuvo que dejar la faena.

Cuando se abrió la puerta, Ezequiel Ahumada apuntó la Beretta al rostro del doctor Brunelli. Con la mano izquierda atenazaba del cuello a la mujer. El doctor Brunelli abrió la boca pero no salió sonido alguno. Se quedó como un espantapájaros mojado bajo el dintel de la puerta.

—Pasa y no hagas ruido, todo bien.

Con el dedo anular rozó el pezón izquierdo de la colombiana. La enfermera reanudó su llanto, un silencio de lágrimas.

Ezequiel Ahumada daba las órdenes con la gracia de los predicadores. Iluminado, su frialdad habitual contenía a duras penas los espasmos de la muerte. ¡Qué ganas de pegarle un tiro en los huevos al negro ése! La enfermera seguía las indicaciones con la pulcritud de su oficio. En menos de dos minutos había atado al doctor Brunelli a la silla de su escritorio.

—¿A qué hora tiene cita Martín Torrevieja? ¿A las doce? ¿No hay cambios?

—No, no hay cambios —aceptó el doctor Brunelli.

—Tenemos tiempo —dijo el Cheque—. Ciérrale el hocico —ordenó a la enfermera.

Con la misma cinta adhesiva con la que había amordazado al anestesista, la mujer ahogó las súplicas de Brunelli con tres vueltas entre cogote y boca. Luego, Ezequiel atrajo a la enfermera hacia él tomándola del cabello, la volteó y aplastó su rostro contra el vidrio del escritorio. Cambió de mano la pistola. Puso el cañón en la coronilla de la mujer mientras le subía la falda del uniforme hasta la cintura con la otra mano. La mujer sólo temblaba y se mordía los gritos que sabía inútiles. Se concentró en el frío tacto de la pistola, en no provocar su estallido. Las lágrimas dibujaban acuosas formas en el cristal de la mesa. Trataba de poner la mente en blanco para anular el momento en que aquella bestia entrara en ella. No sentir, se decía, no sentir nada, ni dolor ni asco ni furia ni rabia porque le estaría otorgando a aquel tipo una coartada para el ultraje. No sentir nada, coño. Únicamente concentrarse en sobrevivir.

Ezequiel Ahumada penetró a la enfermera de un violento golpe de cadera. No encontró un placer especial en ello. Sus movimientos mecánicos y el sexo sin lubricar de la mujer terminarían inhibiendo la erección. Sólo cuando se fijó en los ojos dilatados como lunas del doctor Brunelli, sintió la sangre y el semen agolparse en su glande. Aceleró los movimientos sin dejar de observar al hombre amordazado. Eyaculó. Su orgasmo fue seco, burócrata. Necesitaba descargar la tensión para enfrentar el momento más esperado de sus últimos meses. Necesitaba mantener aterrorizada a la enfermera, de ella dependía en gran parte el éxito del plan.

Treinta y uno

Aquí estoy, otra vez, en el lobby del hotel con Bobbio entre las manos y estas pupilas de perro amoroso que acechan. Aquí estoy, jugando a una adolescencia que no tuve, el sexo palpitando, las palabras inútiles. Siempre he mentido. Siempre he nombrado al mundo después del cálculo preciso de mi miedo. Acabo de abandonar a la única persona que creí haber querido. Con un pretexto cualquiera, improvisado, le dije a Martín que regresaba en cinco minutos. Que no me tardaba. Desde el umbral de la clínica me miró aceptando la consumación de un hecho anunciado desde que llegamos a Montreal. O tal vez no. Ha sido tan confiada su certeza en mi fidelidad que lo mismo creyó que iba a la entrada del metro a comprar unos periódicos para matar el tiempo durante la operación. Tomé el metro de regreso al hotel. Durante el trayecto me sentí miserable. Una mezcla de culpa y de nostalgia. Más de treinta años de ritos funestos, de un amor tortuoso. Mi vida a su lado no ha sido más que una consecuencia feliz de su arrogancia. Ahora que está acabado, he descubierto que amaba la imagen que ambos fuimos construyendo, una imagen sin deformidades.

Quizás por eso estoy en el lobby tras los pasos de Mafer. El primer acto de deseo puro, de amar desde mi enorme cabeza. Sé que el rechazo está cantado. Que sus sonrisas, sus frases halagüeñas, sus manos pájaro en mi antebrazo apenas un segundo tienen mucho de clientelar. O de lástima. No me importa. Nada importa ya salvo la posibilidad de librar la única batalla de mi vida sin calcular las heridas. Si tan solo aceptara un par de horas a mi lado. Quiero invitarla a comer al Jalisco…, quiero acostarme con ella; después podré hundirme en la mierda y ahogarme lentamente.

—Hola, Juan José.

Mi nombre en sus labios es una fruta amarga. Escurre por su sonrisa.

—Llámame Cabezón, así me dicen todos.

—OK, pues Juan José Cabezón. ¿Se le ofrece algo al Cabezón?

Suelta su carcajada ronca, como si estuviera prohibido que brotara plena.

—Se me ofrece, de hecho. Aunque quién sabe si usted pueda otorgármelo.

—Usted pida, en este hotel todo es posible.

—¿Y los milagros? Porque necesito un milagro.

—También los milagros, siempre y cuando los permita el reglamento —y ríe de nuevo, sacude su cuerpo, un planeta sediento de fracasos. Qué joven pero qué oscura su cristalina mirada.

—Me voy, Mafer, en unas horas regreso a México. Pero antes de irme, quisiera hacer lo único digno y hermoso que ofrece esta ciudad: invitarla a comer. Pasar un rato con usted fuera del hotel, conversar, conocerla mejor, llevarme su recuerdo…

—Ajá, sí, conversar, cómo no.

Me pongo rojo. Otra vez soy solamente una gran cabeza. Tartamudeo, me siento bastante imbécil. Le pido una disculpa y me incorporo del sillón. Me sujeta de la muñeca y me obliga a tomar asiento. Su gesto es tan ligero como los veintitantos años que carga. Igual de sabio.

—No he dicho que no, Juan José, tranquilo. Salgo en una hora, espérame en la entrada del metro Places des Arts, está aquí a la vuelta.

Treinta y dos

Cuando termino de llorar, Mafer toma mi cabeza entre sus manos y la recuesta en su pecho desnudo. En sus senos apátridas. Su silencio es inteligente, tierno. Mi silencio tiene la virtud del llanto, nada más. Permanecemos así durante un tiempo que quisiera que se prolongara en todos los amaneceres que me restan. Pero sé que no hay vuelta de hoja. Tengo que irme de este país. Hablar de mis fantasías con ella sería ofender su generosidad. Desde que tomó mi mano en el restaurante supe que el acuerdo duraría unas horas. Durante la comida en el Jalisco no te rajes eché mano de la lástima para llevarla a la cama. No me siento culpable. Le conté mi vida, se le empañaron los ojos. Después todo fue iniciativa suya. El departamento de estudiante con una pieza, una cocina y un baño; el vino, su desnudez, su sabiduría de sábanas frescas. La delicadeza, los labios, mi cuerpo recorriendo un camino desconocido. Cuando entré en ella comprendí la perfección del universo. Mi enorme cabeza fue desapareciendo y me convertí en un hombre. Eyaculé como si nunca antes lo hubiera hecho. Al mismo tiempo comencé a llorar. Mojé las horas de sexo mercenario, los nombres falsos de las putas y sus caras de asco disimulado. Las mujeres que en la universidad y en la vida cruzaron la calle para esquivarme.

Creo que no he dejado de llorar como en media hora. Su paciencia poco tiene que ver con su edad. Su mutismo tiene la elocuencia de un mundo que había odiado hasta vaciarme del propio odio. Quiero decirle que la amo. No lo haré. No lo creería. Sutilmente desplaza la cabeza. Estira la mano, prende un cigarro y dice:

—Eres un amante muy tierno.

Por el cumplido me doy cuenta de que no logré satisfacerla. No me siento ofendido; esto no se trataba de sexo, no sé muy bien de qué se trataba, pero no de proezas de cama. Tal vez por sus sábanas han pasado muchos jóvenes con los que practicó una sudorosa gimnasia del coito. Tal vez logré conmover viejas fibras. Deja de pensar estupideces, me digo. Es un cumplido y punto.

—Tu avión sale en tres horas. Te llevaré el aeropuerto.

—No —le digo con una brusquedad que no merece—. No tiene caso, tomaré un taxi, es mejor así.

—¿No te gustan las despedidas?

—No sé, nunca ha habido nadie en mi vida de quién despedirme, no quiero averiguarlo contigo —le respondo y termino de traicionar al Tinín.

—Juan José...

—Mande.

—Eres una persona... —pero se calla. Sabe que cualquier cosa que diga no cambiará nada. Cada quién tiene su infierno y los consejos sirven para arrojarlos a la basura—. No me olvides —dice al fin.

Le sonrío, estrecho su cuerpo por última vez y declamo en un falso tono melodramático:

—Olvidarte sería como morir, vida mía.

Ambos reímos. Lo peor del caso es que es cierto.

Treinta y tres

La biblioteca está cerrada al público. Media docena de agentes trabaja en la lista de socias entre los cuarenta y cinco y cincuenta y cinco años cuyo nombre de pila empieza por la letra e. La corazonada es un grito al vacío. Los propios agentes que colaboran en la investigación la consideran basura. Pero no tenemos más. Mi idea es que el asesino pretende hacer el acrónimo de Medea con los nombres de las víctimas. Marine, Edith, Denise. Según esta lógica, al menos mataría dos veces más. Monsieur Dulac y Madame Renaud nos asisten. Escépticos, molestos como monjes cartujos por la profanación, miran con recelo el desorden en el que poco a poco va cayendo la biblioteca. Afuera nieva, adentro, los libros sin manos que los lleven y traigan parecen cadáveres.

—Ernestine Villeneuve, quarante-six ans —vocea un agente muy joven. Asiento con la cabeza; el policía, por radio, se comunica a la central para que envíen una patrulla al 1520 de la avenida Du Pins. A este paso vamos a dejar la ciudad sin vigilancia. Ya casi llegamos a la docena de posibles víctimas. Debo impedir que mate de nuevo.

—Monsieur Dulac, il faut qu'on parle —le pido al director de la biblioteca. Con la mano le indico su oficina. Entra primero, se sienta. Lo sigo, permanezco de pie. Quiero intimidarlo. No deja de ser un sospechoso. Desde aquella primera entrevista siempre lo ha sido. Sus coartadas, verificadas varias veces, no impiden que no lo pierda de vista.

Me asegura una y otra vez que solamente Mademoiselle Renaud y él tienen acceso a los expedientes de los socios de la biblioteca.

Le insisto. Repite lo mismo. Nadie más que él y la recepcionista. Además de la señorita Renaud y el director, en el lugar trabajan Madame Franco, de cincuenta y dos años, encargada del departamento de adquisiciones, y Monsieur Mankyevich, de cuarenta y ocho, encargado de la clasificación del material.

Le anuncio para quebrar su resistencia que el señor Mankyevich y él mismo son, con el giro que ha tomado la investigación, los principales sospechosos. Le pido que mande llamar a los otros empleados. Da la orden a la recepcionista.

Me pregunta con ese tono de infinito desdén si también debe llamar a su abogado.

Le digo que aún no está detenido, aunque si tuviera un solo indicio que lo conectara con las mujeres asesinadas, pienso, yo mismo le ponía las esposas.

Entra la recepcionista. Me mira con odio. Creo que está enamorada de Monsieur Dulac. Anuncia que Madame Franco ya viene en camino pero que el tal Mankyevich no contesta ni en su casa ni en su celular.

Los ojos de Dulac y los míos se cruzan y sacan chispas.

Le vuelvo a preguntar si Monsieur Mankyevich no tiene acceso a los archivos.

Quiere responderme por tercera vez que no, que únicamente él y la señorita Renaud tienen la clave para entrar al sistema, pero la voz de cotorra de la recepcionista lo interrumpe. Cuando termina de informar que hace unos meses Monsieur Mankyevich se la solicitó porque la necesitaba para una estadística, el director de la biblioteca se recuesta en el respaldo de su silla y musita:

—C'est le fin.

Pienso que debería ser más optimista; al contrario, el morbo atraerá a más gente. No se lo digo. Mientras tanto, Mademoiselle Renaud cobra plena conciencia de lo que implica haberle proporcionado al supuesto homicida la clave de acceso a los archivos de los socios y se suelta llorando.

Le hago una señal al director para que me lleve a la oficina de su subalterno. Le pido que me cuente del sujeto. Es un hombre discreto, habla lo indispensable. No se le conoce vida social. No tiene hijos, su mujer lo abandonó hace unos meses, de repente. Desde entonces no ha sido el mismo, me dice Dulac.

La oficina del sospechoso parece un cementerio. Ni un solo objeto personal, nada que lo defina. Montañas de libros por todas partes. Encima del pequeño escritorio, en los rincones del cubículo, en el librero que tapiza la pared del fondo. Me siento en la silla de madera. Observo el diminuto espacio. Es asfixiante y frío, un maldito ataúd. Me concentro en los detalles, no puedo ver más allá de los volúmenes diseminados como una estrategia del caos. Me abruman. Descubro una pequeña puerta en la parte baja del librero.

—Avez-vous le clé? —le pregunto a Dulac.

Niega con la cabeza. De una patada hago saltar la cerradura de juguete. El director trata de impedirlo con un gesto vago. Ahí están apiladas, dos lujosas ediciones de Medea, una en francés y la otra en inglés.

Dulac tiene todavía fuerzas para el sarcasmo y me dice que no es un crimen leer a los clásicos.

Me dan ganas de tirarle los libros a la cabeza. No me tomo la molestia. Ojeo los textos. Algunos párrafos aparecen subrayados con anotaciones al margen. Le ordeno a la señorita Renaud que me proporciones la dirección de Mankyevich. Sigue sollozando. Me la escribe en un pedazo de papel, no puede hablar.

Treinta y cuatro

Esperamos a que llegue la orden de cateo. Máxima prioridad. A veces los jueces se ponen escrupulosos. Media docena de patrullas rodea la casa de Mankyevich. Una construcción como de los sesenta, escueta, de tejado de dos aguas, un solo piso, paredes de madera color crema con acabados verde botella en un suburbio de La Salle. Al frente, un jardín cubierto de nieve. En el costado izquierdo una cochera de tejabán de aluminio guarda una Dodge Caravan del 92. Atrás, un patio repleto de herramientas inútiles y descompuestas, aparatos para ejercitar los músculos, todo cubierto de nieve. Nos limitamos a esperar. Nadie habla, como si hacerlo pudiera alertar al sospechoso. De las casas vecinas de ese barrio de clase media, se asoman los rostros alarmados, curiosos, intrigados, todos discretos tras los visillos con estampados de flores. Son las cuatro de la tarde y el sol busca el oeste para oscurecernos. En una hora más o menos habrá terminado de caer la noche. Ha dejado de nevar; hace un frío que corta las manos y la cara. El viento es más que una cuchillada, es como agua helada en el nervio al descubierto de un molar. Sostengo mi arma reglamentaria en la mano, un poco por imitación a todos los agentes que aguardan la orden de cateo. Pienso en la inutilidad del gesto. Monsieur Mankyevich es un sujeto anodino, incapaz de enfrentarse a tiros con la policía. Antes se suicidaría. Pero sentir la pistola en mi mano enguantada, presionar la cacha cada tres o cuatro segundos, acariciar el seguro para no olvidar que está ahí me tranquiliza, me reconforta, aunque sé que no voy a utilizarla. Jamás lo he hecho en mis pocos años de servicio. Una vez al mes acudo al campo de tiro a practicar. Es obligatorio. No he destacado como tirador, tampoco puedo considerarme uno demasiado malo. No me gustan las armas, prefiero el análisis, la lógica, por más que los golpes de suerte formen parte del método. Por más que el manual no encaje la mayor parte del tiempo. El arma me estorba, pero no la enfundo; demasiados ojos me observan y de mí depende el éxito de la operación.

Llega uno de mis asistentes precedido por el ulular de las sirenas de la patrulla. ¡Cómo le gusta el escándalo, tabernac! Desciende del auto esgrimiendo el sobre de la corte con la autorización como si fuera un deportista en el podio.

—Voici —me dice y me lo entrega.

Abro el sobre, extraigo a medias el documento y lo ojeo. Levanto la mano que sostiene la pistola, la agito en el aire.

Vamos a entrar.

—On y va —ordena mi otro asistente a través de la radio.

Estrechamos el cerco en torno a la casa. Empiezo a sentir miedo. Ahora que avanzamos hacia la entrada principal, ya no pienso en Mankyevich como un tipo gris y mediocre incapaz de enfrentarnos. Qué cuesta apretar un gatillo. Cuánto vale una bala al azar. Ya estamos frente a la puerta. Cuatro policías la derriban al tercer golpe del ariete de hierro que cargan dos a cada lado. Astillada, abren un boquete por el que vamos entrando. A pesar de que los movimientos de todos ellos y los míos propios corresponden a la coreografía tantas veces ensayada en la academia, me siento y los siento torpes. La adrenalina se vuelve insoportable. La casa, bastante austera, repleta de polvo y basura, se llena de los gritos de los agentes y de las patadas en las puertas de las habitaciones. En menos de cinco minutos termina la inspección. Entonces los oigo. Tal vez desde que irrumpimos en el hogar del sospechoso estaban ahí, pero apenas ahora me doy cuenta de los ladridos roncos, siniestros, que vienen de alguna parte de la casa. Guardamos silencio. Tratamos de adivinar la procedencia. La mayor parte de los que participan en la operación ha presenciado los cuerpos destrozados de las víctimas. Sé en qué están pensando. Un agente grita excitado par ici, par ici. Contiguo a la cocina, se halla un cuarto de lavar y en el piso una trampilla. La casa tiene un sótano. La puerta de madera en el piso cede apenas unos centímetros cada vez que el perro arremete contra ella. Rodeamos la trampilla. Todos apuntamos nuestras armas hacia la escotilla. Un agente revienta el candado de un disparo. La trampilla alcanza a despegarse de su marco ante los embates del animal. Sus ladridos nos ponen los pelos de punta. A más de un policía le tiembla la pistola en las manos. El mismo que ha disparado contra el cerrojo se arrodilla a la izquierda de la trampa y con la mano derecha la abre al tiempo que se lanza de espaldas al suelo, sin dejar de apuntar al hueco negro del que surge un rottweiler musculoso, babeante, que surca el aire en una parábola perfecta hacia mi rostro. En lugar de accionar el arma, interpongo mi brazo entre sus fauces y la yugular. Caigo al piso por el impacto. El perro se vuelve contra el resto de los agentes. Media docena de policías vacía sus cargadores en el cuerpo negro y café del animal, que se retuerce en un charco de sangre.

Treinta y cinco

Ezequiel Ahumada espera a que la enfermera colombiana regrese del quirófano. Sentado frente al doctor Brunelli, apuntándole directo a la frente, le explica sus motivos.

—Imagínese usted, doctor, tantos años juntos, desde niños, tantas aventuras, tantas cosas compartidas. Porque los hijos de su puta madre se hicieron millonarios a mi costa. Eso no se hace, doctor, no se hace.

Arnulfo Brunelli asiente como una marioneta, sin atreverse a interrumpir el monólogo del Cheque.

—Y luego llega un hijo de la chingada de la PGR que trabaja para la competencia y los asusta con que los va a meter al bote, ¿me entiende? Y me traicionan. Si serán putos. Yo sé que fue el pinche Cabezón el de la idea. Y el pendejo del Tinín que en todo le hace caso. Pero eso no se hace. Un mes estuve torcido por su culpa. Sin contar la de lana que estamos perdiendo. García Diego, ¿cómo dicen?, ah, sí, ya está durmiendo el sueño de los justos. Pero les tengo ganas a estos dos cabrones. Eso no se hace, doctor. ¿Usted qué piensa?

Arnulfo Brunelli no puede responder porque está amordazado.

La enfermera colombiana entra al despacho de su jefe. Su rostro es una tormenta. Camina encorvada. Ya no solloza, sólo tiembla.

—Viene solo —dice en un susurro.

—¿Cómo que viene solo? —explota el Cheque poniéndose de pie. Hace un esfuerzo por contenerse. La enfermera retrocede unos pasos, Brunelli abre los ojos y se inclina sobre el escritorio.

—Tranquilo —le dice el Cheque y le acerca el arma a centímetros de la frente—. ¿Qué te dijo?

—Que un amigo lo acompañaba pero que fue a comprar algo, que tal vez regrese al rato.

—Se las olió el hijo de la chingada.

Ezequiel Ahumada camina por la habitación. No deja de apuntar a Brunelli.

—Fui a la recepción, esperé un buen rato, no llegó nadie, se lo juro. La recepcionista está de vacaciones, mejor cerré la clínica.

El Cheque la observa. De pronto sonríe, sus dientes son un holocausto.

—Muy bien, muy bien, deberías ser mi socia; ya cogimos, sólo nos falta compartir la lana.

El Cheque se ríe, la enfermera tensa la mandíbula, Brunelli sabe que es hombre muerto.

—¿Y el otro, el negro?

—Ya está en el quirófano preparando la anestesia.

—Que no se la ponga. Lo quiero despierto. Desata al doctor.

Los tres avanzan por el largo pasillo que comunica a la sala de operaciones. En primer lugar, la enfermera;

le sigue Brunelli, atadas las manos a la espalda y todavía amordazado. Respira con dificultad. El Cheque lo antecede, encajando el cañón de la pistola en los riñones del doctor. Entran al quirófano. El anestesista acerca la máscara al rostro de Martín Torrevieja.

—¡Espera, pendejo! —le ordena el Cheque. De una patada limpia en los tobillos derriba al doctor y empuja a la enfermera contra la mesa de instrumentos. Al caer bisturís y escalpelos al piso, hacen un ruido de diluvio. El anestesista se aparta de la mesa de operaciones, Martín se incorpora a medias sin entender nada y se encuentra con el rostro de Ezequiel.

—Hola, camarada —apoya la pistola en el pecho del Tinín y lo obliga a acostarse de nuevo.

—Cheque, Cheque, déjame explicarte.

—No tienes nada que explicarme ni yo a ti, te vas a morir, es todo.

—Por favor, Cheque, te suplico...

—Cállate, carajo, sé hombre una pinche vez en tu vida. Tú, amárralo a la cama.

Le lanza a la enfermera la misma cinta adhesiva con la que amordazó y maniató al doctor hace un rato.

La colombiana trabaja diligente. Mientras lo haga puede salvar la vida, piensa. Sujeta tobillos y muñecas a los tubos laterales de la mesa de operaciones hasta acabarse la cinta. Al terminar se aparta. Actúa como si en verdad se tratara de una intervención.

—El Cabezón fue el de la idea, te lo juro. Yo no quería.

—Un bisturí —pide el Cheque.

—Me iban a entambar, pensé que te darían el pitazo, que podrías escaparte, eso me dijo el Cabezón.

—¿Dónde está ese cabrón, eh?

—Se regresó al hotel, seguro. Pinche maricón, lo encuentras en el Holiday Inn, él tuvo la idea.

—Un bisturí, con una chingada.

—Por favor, Cheque, por favor, perdóname.

Martín Torrevieja rompe a llorar abiertamente.

—Querías cambiarte la cara, puto.

De un tajo le arranca media nariz. La colombiana grita. Brunelli se retuerce en el piso. El anestesista da dos pasos hacia Ezequiel. Bon Dieu, vous ne pouvez pas... El blanco del globo ocular se desborda cuando el haitiano recibe un balazo en la boca. La enfermera se tira al piso, se arrastra hasta alcanzar a Brunelli y lo abraza. El Tinín berrea como un cerdo en el matadero.

—Yo te voy a cambiar la cara, hijo de tu puta madre.

Le introduce el filo en la boca y le corta la lengua de un tajo imperfecto. Un delgado pellejo mantiene unidas las dos mitades del músculo. El Tinín comienza a ahogarse en su propia sangre. El disparo, los gritos... demasiado ruido. Ezequiel decide acabar con la operación.

Un solo tiro en la nuca del doctor. Otro en la de la enfermera. Martín se retuerce en un último intento de detener lo irremediable. Ya no puede hablar, balbucea. Ezequiel apunta al estómago de su antiguo socio y dispara.

—Al menos tardarás un rato en morir, hijo de la chingada.

Abandona la escena insatisfecho, otra vez con esa sensación de coito interrumpido.

Treinta y seis

Tengo en mis manos la foto del autor de la masacre de la clínica de Longueuil. Tres cadáveres con tiro en la cabeza y uno más, el del político mexicano que frecuentaba el Jalisco..., con el rostro tasajeado. Su amigo, el extraño personaje de enorme cabeza y voz de pito me dejó este regalo antes de irse. Es una foto en la que aparece él mismo, su amigo muerto y un sujeto bien parecido sonriendo a la cámara. Están en una playa. Observo al de la cabeza grande, no recuerdo su nombre; parece como alejado de los otros dos. Tiene gracia, primero me puso sobre la pista de los mensajes del asesino del perro, y ahora esto. Coño, le debo mi carrera. Gracias a él pude dar con Mankyevich, bueno, descubrir que era el asesino y detener la matanza que pretendía hasta completar el nombre de la heroína de Eurípides. El sujeto voló del nido. Alcanzó a desaparecer antes de que llegáramos a su casa, en donde encontramos suficientes pruebas como para encerrarlo de por vida. El rottweiler, la habitación en el sótano con los grilletes atornillados al piso con los que amarraba a la víctima antes de entregársela de alimento al animal. El falso piso en la camioneta en la que transportaba a las elegidas, narcotizadas de ida, muertas y despedazadas de vuelta al lugar donde las tiraba.

Además de los pasajes subrayados de la tragedia griega. Y el factor estresante que desencadenó la psicosis: el abandono de su mujer. Cuando la entrevistamos, se negaba a creer que el hombre con el que había vivido diez años fuera capaz de matar como mataba. Nos lo describió como un individuo taimado, débil, sumiso, que la ignoraba durante semanas enteras. Ahora está prófugo, escondido en alguna parte del país, no por mucho tiempo. Su cara anodina, inofensiva, de burócrata aburrido está por todos lados. Comisarías provinciales, aduanas, Interpol, medios de comunicación. Es cuestión de tiempo.

Ese mismo día del cateo a la casa de Mankyevich, aterricé noche en el Jalisco no te rajes. Quería tomarme un Rioja con Aránzazu y Julián, tratar, de olvidarme de tanta sangre inútil. Justo al entrar, el lavaplatos chiapaneco me entregó un sobre con mi nombre.

—Es del cuate este con esa su cabeza grande que solía venir con el otro mampo —me dijo—. Pero esta vez venía con una muchacha rechula la condenada.

Me senté en el rincón de siempre, en la mesa reservada a los empleados. Abrí el sobre.

> Estimado amigo:
> Regreso a mi patria. Mi tiempo en su país ya terminó y es hora de que vuelva al mío para enfrentar mi pasado. Antes de irme, quise hacer patente mi agradecimiento con usted y su familia con un regalo que usted más que nadie sabrá apreciar. El hombre que nos acompaña a mí y a Martín Torrevieja en la foto que adjunto es Ezequiel Ahumada, el segundo en la organización de uno de los cárteles más po-

derosos de México. En estos momentos es casi seguro que se encuentre en Montreal, tiene que saldar viejas cuentas con mi amigo y conmigo. Es muy probable que lo halle rondando el hotel donde nos hospedamos, el Holiday Inn. Suerte con la cacería y con la vida.

Afectuosamente,

Juan José

No había pasado una hora de eso cuando sonó mi celular y me informaron del hallazgo de cuatro cuerpos en una clínica de cirugía plástica en Longueuil. Entre ellos, el de un ciudadano mexicano.

Ahora tengo el retrato del narcotraficante más buscado por la policía mexicana, el FBI y la Interpol en mis manos. Acecho su aparición desde un rincón del lobby del hotel. Me ha costado convencer a mis superiores de que autoricen la operación. Al final, los beneficios políticos de que la policía de Montreal detenga al autor de un homicidio múltiple, un delincuente de talla internacional los ha persuadido.

Una veintena de agentes de civil rodea el edificio con la orden de disparar a la menor provocación. Dos policías más, mezclados entre los recepcionistas, vigilan el ir y venir de los huéspedes. Mis dos ayudantes y yo nos ubicamos en los sillones de la entrada, frente a la puerta. La operación ha sido autorizada por un plazo de tres días, después, el expediente quedará abierto. No piensan destinar mucho tiempo y recursos para resolver el asesinato de cuatro importés.

Me intriga ese hombre de enorme cabeza, de modales comedidos, de mirada desesperada. El otro era un patán. Un tipo sin escrúpulos. Probablemente merecía morir así. Juan José podría haber sido mi amigo si las circunstancias..., no es cierto. Nunca habría pasado, demasiadas tormentas en un solo hombre, demasiado rencor.

Suena mi celular. Contesto sin dejar de leer los detalles del caso del asesino del perro en el *Journal de Montreal.*

—Il va y entrer —me dice la voz de uno de los agentes apostados al exterior.

Sigo con la suerte de mi lado. Los ascensos meteóricos me esperan. Menos de un minuto después, el sujeto de la foto aparece en el lobby. Cruza el recibidor. Su zancada es resuelta. El destello en sus ojos, un atisbo del infierno. Tras sus pasos se cuelan tres agentes de paisano que se distribuyen en diferentes puntos del recibidor. Me incorporo y avanzo hacia el mexicano. Mis ayudantes me siguen. Ezequiel Ahumada llega hasta el mostrador y se dirige a una empleada muy joven, atractiva, de rasgos latinos. Le pregunta en inglés si está hospedado el señor Juan José Salvatierra. Me sitúo a su lado, me identifico como policía en un susurro y le pido que me acompañe a la comisaría para contestar algunas preguntas. Todos los agentes han llevado sus manos a las armas pero no las muestran. Demasiados civiles alrededor. No bien pronuncio la última palabra, el sujeto extrae rápidamente de la bolsa de su zamarra una pistola. Gira el arma hacia mi rostro. Alcanzo a golpear con la palma de mi mano izquierda su codo en el momento en que aprieta el gatillo. El proyectil impacta en la garganta de la recepcionista de origen latino. Par terre, oigo que grita una voz detrás de mí. Desde el piso contemplo la lluvia de balas que entran en el cuerpo del mexicano. Parece una marioneta.

Treinta y siete

Mafer Corona, veinticuatro años, de origen mexicano, estudiante de derecho, trabajaba medio tiempo como recepcionista en el Holiday Inn. Murió hace unas horas en la cama de un hospital. Empiezan a amontonarse los muertos. Igual sigo penetrando a mi novia. Qué extraño suena eso. Quiero terminar sin preocuparme si ella alcanza a venirse. No puedo dejar de pensar en la muchacha, en la bala que perforó el cuello, en la belleza oscura tras la expresión de sorpresa. Mi novia dice algo que no alcanzo a entender. Acelero los movimientos de la cadera hasta eyacular sin mucha gracia. Mi novia frunce el ceño, tensa la boca y sutilmente me hace a un lado. Se levanta sin un reproche y se encierra en el baño. ¿Irá a masturbarse? Prendo un cigarro, también quiero encender la tele pero me detengo. Sería un exceso. ¿Por qué cuido las formas de una relación que ya no existe? Termino por prenderla. Discovery Channel. Un documental sobre los misterios de la isla de Pascua. Ella sale del baño y comienza a vestirse. Está molesta. Con su voz metálica me suelta de pronto que mañana se va a esquiar con sus amigas a las Laurentides. Dice algo de que ha tomado una semana de vacaciones y que pensaba pasarlas conmigo, en mi departamento.

—Mais c'est inutile, demain j'y pars.

Sí, es inútil, pienso. Ve a disfrutar de tu mundo inmaculado donde los cadáveres son una página en el periódico que puedes pasar al instante. Se marcha sin beso de despedida. Antes de azotar la puerta, me anuncia a gritos que tengo una semana para pensar qué es lo que quiero realmente de esta relación.

No está nada mal como tarea.

Me concentro en el documental, en la incógnita de cómo llegaron a la isla las enormes cabezas de granito. Suena el celular, es Aránzazu. Mañana me esperan en el restaurante para celebrar la llegada de 1998. Mañana es 31 de diciembre. El uno de enero cumplo veintiocho años. Lo había olvidado.

Treinta y ocho

Apenas fue un comentario de treinta segundos en el noticiero nocturno. Una joven de origen mexicano falleció a las horas de recibir un impacto de bala en el lugar de los hechos. Mafer Corona, de veinticuatro años, era estudiante de derecho y trabajaba como recepcionista en el hotel donde cayó acribillado uno de los hombres más buscados por las autoridades mexicanas y de Estados Unidos. Dos meses antes, Ezequiel Ahumada se había fugado...

Eso era todo. Después las finanzas, los deportes, los espectáculos. Le llevé la muerte a la única persona en el mundo que había acariciado mi cabeza sin una mueca de asco. Ya no soy únicamente un testigo cínico, privilegiado e indiferente de una historia llena de equívocos y putrefacta. Soy un asesino.

Martín Torrevieja yace en ese ataúd gris y muy caro. En el cementerio del pueblo rodeamos el hoyo la madre del Tinín, su viuda Luz y yo. Ni sus dos hermanas ni su padre quisieron acudir al entierro. A mis padres los persuadí de que mejor se fueran de vacaciones al otro lado. La verdad, no tenía ganas de tenerlos ahí, de convivir con ellos.

Le debía un sepelio en el pueblo al señor gobernador, vaya que sí. Los trámites para traer el cuerpo desde

Canadá fueron menos engorrosos de lo que pensaba, a pesar de todo aún tengo un par de contactos y me deben un par de favores. Diez de enero de 1998. Hace cinco meses que dejó el poder y al entierro del señor gobernador no se ha presentado ni el alcalde de este pueblo que nos vio nacer. Nadie quiere tener de enemigo al Cártel de los Ahumada en la guerra territorial que se avecina. Pobre Tinín, sin fastos, sin himnos ni banderas. A la muerte no pudiste seducirla con tu rostro soberbio, de patricio romano.

La ceremonia es breve. Los ojos de los Ahumada rondan el camposanto. Acompaño a Luz a la salida del cementerio. No tenemos mucho que decirnos. Aunque no sepa que prácticamente yo mandé al matadero a su esposo con mi silencio, de todas maneras me culpa del fracaso de su vida. Tras sus enormes lentes de sol no distingo si su alma sufre o se siente al fin liberada de una farsa en la que ella se llevó la peor parte.

—Gracias, Juan José —ya no me llama Cabezón. Tal vez porque me odia—. Mañana vendrá mi abogado para tratar la disolución de la sociedad.

—No te preocupes, mujer, quédate con todo. Sólo quiero el hotel de la playa, si no te importa.

Asiente con la cabeza, sonríe con dolor. O con cinismo, tal vez sea igual. Agita la mano en el aire de forma avara y desaparece tras los vidrios polarizados del automóvil que la trajo.

Abordo la camioneta del hotel. En ella me vine desde la playa hasta el cementerio. Conduzco los cinco kilómetros que separan al hotel del pueblo por una carretera sinuosa, pavimentada, lejos de aquellas brechas de terracería que caminábamos de niños para ir a pescar. Por el retrovisor del espejo distingo una Navigator plateada y una Ford Explorer azul cielo. Llegó la hora. Vienen por mí. Salí de la madriguera para esto. No acelero, es inútil. Estaciono a la entrada del hotel de playa que Martín y yo mandamos construir hace unos años. Acogedor y sencillo. Turismo selecto que busca aislarse de los grandes centros vacacionales. No permitimos que nadie más edificara en nuestra playa. Hoy, por la temporada, está cerrado. Desciendo de la camioneta, de paso por la alberca le digo al empleado de mantenimiento que se encierre de inmediato en el almacén y que no salga en unas horas. No hace preguntas, simplemente obedece, sabe de qué se trata. Entro a mi despacho. De la parte de arriba del clóset empotrado, bajo una escopeta del 12. Introduzco dos cartuchos en los cañones. Me siento tras el escritorio, deposito el arma en mi regazo. Del bolsillo del abrigo saco una foto de esas de polaroid. Mafer sonriendo entre Julián y un servidor en el Jalisco no te rajes. Dios, qué bella. Suspiro.

Al fin todo parece tener sentido, me digo, y me dispongo a esperar a la muerte.

Esta obra se terminó de imprimir en diciembre de 2012
en los talleres de Litográfica Ingramex, S.A. de C.V.
Centeno 162-1, Col. Granjas Esmeralda,
C.P. 09810, México, D.F.